中國古典詩詞精品賞讀

杜甫

陳才智 編著

五洲傳播出版社

图书在版编目（CIP）数据

中国古典诗词精品赏读丛书：繁体版. 杜甫 / 陈才智著. --北京：五洲传播出版社, 2024.1

ISBN 978-7-5085-4965-1

Ⅰ. ①中… Ⅱ. ①陈… Ⅲ. ①杜甫（712-770）－古典诗歌－诗歌欣赏 Ⅳ. ①I207.2

中国版本图书馆CIP数据核字(2022)第227207号

中国古典诗词精品赏读丛书

杜甫

出 版 人：关　宏
编　　著：陈才智
责任编辑：黄金敏
图片编审：迟乃义
装帧设计：宁成春
出版发行：五洲传播出版社
地　　址：北京市海淀区北三环中路 31 号生产力大楼 B 座 6 层
邮　　编：100088
发行电话：010-82005927　010-82007837
网　　址：http://www.cicc.org.cn　http://www.thatsbooks.com
印　　刷：北京市房山腾龙印刷厂
版　　次：2024 年 1 月第 1 版第 1 次印刷
开　　本：710 × 1000 mm　1/16
印　　张：10
字　　数：70 千字
定　　价：68.00 元

編者的話

中國在歷史上是一個“詩歌的國度”，古典詩詞是中國傳統文化的奇葩。早在三千年前，我們的祖先就創作出了以“詩三百”爲代表的優秀詩篇。此後每個歷史年代，詩歌創作都結出豐碩的成果，其中不少名篇名句，膾炙人口，傳誦至今。這套“中國古典詩詞精品賞讀”書系，選取了歷史上最具代表性的詩人、詞人的優秀作品， 加以詳盡通俗的譯注、評解，試圖由此將古代中國人創造的最可珍貴的文化瑰寶介紹給當代海内外讀者。

以“國風”爲代表的《詩經》和以《離騷》爲代表的楚辭，無論是在思想内容上還是在藝術手法上，都對中國後世詩壇產生了深遠影響。中國詩歌至唐代而達到高峰，呈現出後人所稱譽的“盛唐氣象”和“少年精神”，而從李白、杜甫等詩人身上，從他們留下的詩歌中，不難看出“風”“騷”以來優秀傳統的迴響。他們都有强烈的現實關懷，關注國家、社會、民衆等問題；而這種主題，往往是詩人通過自己的人生境遇和心靈歷程去感悟，通過描繪自然界山川萬物、人間世事民情來體現的。在唐詩的輝煌之後發展起來的宋代詩歌，成就也相當高，但最能表現此年代文學特殊成就的是詞。宋代優秀的詞家把這種長短句詩體運用到出神入化的地步，那或慷慨激昂、或委婉凄清的詞作，今天讀來仍有强烈的藝術感染力。可以説，唐詩宋詞是中國文學史上最有神采的篇章。本書系介紹的詩人、詞人，如東 的陶淵明，唐代的李白、杜甫、王維、白居易、劉禹錫、杜牧、李商隱，五代南唐的李煜，宋代的蘇軾、柳永、秦觀、李清照、辛　疾、陸游，元代的薩都刺，等等，都是中國詩歌史上耀眼的星座。

中國古代詩歌注重抒情、寫景，善於表現友情、親情、愛情、鄉情，以及其他複雜細微的個人情感。這形成中國詩歌又一個强大的傳統。在儒家思想影響下，中國詩歌幾乎從一開始就具有“發乎情，止乎禮義”的特點，情感的表達比較克制、内斂、含蓄，有别於西方的詩歌風格。與此同時，中國詩人們又强調“含不盡之意見於言外”，善於通過各種藝術手法傳達言外之意，給讀者以無窮的迴味、想象空間。古代詩詞中的優秀之作往往寫得深情宛轉，富於形象性和音樂性，誦讀這些詩詞，可以受到多層次的藝術感染和美的熏陶。古典詩詞還善於表現自然之美及人與自然的融合。古人常説“詩中有畫，畫中有詩”，本書系中的每首作品，都配以當代畫家根據詩詞意境繪製的中國畫，通過欣賞這些詩、畫，可以更深刻地領悟到中國古代藝術作品中的詩情畫意，品味其藝術之美。

除了“詩情畫意”的特色外，本書系以各位詩人、詞人單獨成册，以更清楚地展示其不同的個性和藝術風格；各分册包括詩人小傳與作品賞析兩部分。對每篇作品的賞析，又分爲題解、句解、評解三個章節：題解交代創作背景；句解用現代語文對詩詞進行逐句意譯，對某些難懂的字詞作注釋；評解部分則提要鈎玄，對作品特色進行點評。我們的本意，首先是幫助讀者减少閱讀中的文字障礙，繼而是理解詩詞的思想内容、藝術特色和寫作技巧。

中國古代經典詩篇把漢語升華到至美至純的境界，足以使每個中國人感到自豪。這些作品是聯接所有炎黄子孫思想、情感的文化紐帶，無論身在國内，還是身在海外，優秀的詩歌對讀者的感召力都是相通的。一個喜愛祖國傳統文化的人，可能會不斷地接觸和學習祖先的這些遺産。久而久之，這些優秀文化中的一部分會積澱下來，構成每個人頭腦中一道美麗的藝術長廊，不斷給人以教益、激勵和藝術享受。我們期望，本書系所介紹的詩詞名篇能够成爲這道藝術長廊的組成部分。

本書系所介紹的詩人、詞人，都各有很多傳世名篇，限於篇幅，書中每人只選取了二三十首代表作品。限於編輯水平，書中會有種種不盡如人意之處，敬請讀者朋友提出寶貴意見。

目　录

杜甫簡介

杜甫（712–770），字子美，又稱杜少陵、杜拾遺、杜工部。京兆杜陵（今陝西西安西南）人，祖籍襄陽（今屬湖北），生於河南鞏縣的瑶灣。他生長在“奉儒守官”並有文學傳統的家庭中，十三世祖杜預是西晋名將，祖父杜審言是武則天時的著名詩人，做過膳部員外郎；父親杜閑曾任兖州司馬和奉天縣令。杜甫早慧，七歲便開始學詩，他自己回憶説：“七齡思即壯，開口詠鳳凰。”“讀書破萬卷”、“群書萬卷常暗誦”的刻苦學習，爲他的創作準備了充分的條件。十五歲“出游翰墨場”時，他的詩文已經引起洛陽名士的重視。二十歲後，杜甫的生活可分爲四個時期：

（一）南北壯游：玄宗開元十九年（731）至天寶四載（745）。開元十九年開始，爲了解社會，結識名流，杜甫幾次漫游，歷時十餘年。第一次漫游是在江南吴越一帶。他到過金陵、姑蘇，渡浙江，泛舟剡谿，直至天姥山下。開元二十三年，回洛陽應進士考試，結果落榜。次年，在齊趙一帶開始了第二次漫游，他晚年回憶當時“放蕩齊趙間，裘馬頗清狂”（《壯游》）。在這兩次漫游裏，他看到了秀麗雄偉的山川，感受了江南和山東的文化，擴大了眼界，豐富了見聞。開元二十九年，築居於洛陽與偃師之間的首陽山下，與楊氏結婚。天寶三載，在洛陽與已是聲名遠揚的李白相遇，李白的風采和出衆才華，深深吸引了杜甫。二人共游梁宋、齊魯，訪道尋友，談詩論文，結下深厚的友誼。此後，他曾先後寫了十一首詩思念或酬贈李白。次年（745）秋，杜甫西去長安，李白準備重游江東，他們在兖州分手，此後再没有會面。

（二）困居長安：天寶五載（746）至十四載（755）。杜甫到長安，目的是謀求官職，有所作爲。天寶六載，玄宗詔徵天下有一技之長的人到京應試，杜甫參加了這次考試，但由於“口蜜腹劍”的李林甫要證明“野無遺賢”，所有的應試者無一被選。天寶十載，玄宗舉行三個盛典，祭祀“玄元皇帝”老子、太廟和天地。杜甫寫成三篇辭氣壯偉的“大禮賦”進獻，得到玄宗讚賞，命宰相考試他的文章，等待分配，但没有下文。他不斷寫詩投贈權貴，希望得到推薦，也都毫無結果。十載長安的困守，杜甫未能實現他“致君堯舜上，再使風俗淳”（《奉贈韋左丞丈二十二韻》）的政治抱負。大約在杜甫到長安不久，父親就去世了，他的生活因此變得艱難起來。爲了生存，爲了求官做，杜甫不得不過着“朝扣富兒門，暮隨肥馬塵。殘杯與冷炙，到處潛悲辛”（《奉贈韋左丞丈二十二韻》）的屈辱生活，以至經常挨餓受凍：“飢卧動即嚮一旬，敝衣何啻聯百結。”（《投簡咸華兩縣諸子》）天寶十四載，杜甫才得到右衛率府胄曹參軍這樣一個卑微的官職，而這已是安史之亂的前夕。生活折磨了杜甫，也成全了杜甫，使他逐漸深入下層生活，看到了人民的痛苦，從而寫出了《兵車行》、《麗人行》、《自京赴奉先縣詠懷五百字》等傑作。十年困守，確定了杜甫此後生活道路和創作道路的方向。

（三）爲官流亡：肅宗至德元年（756）至乾元二年（759）。安禄山起兵後，很快就攻陷了洛陽、長安。杜甫聽到唐玄宗逃往西蜀，肅宗在靈武即位，便把家屬安置在鄜州羌村，隻身北上靈武，不幸被叛軍截獲，押到長安。至德二載（757）四月，杜甫冒着生命危險，逃出長安，“麻鞋見天子，衣袖露兩肘”（《述懷一首》），奔赴肅宗臨時駐地鳳翔，受任爲左拾遺，這是一個從八品、却又很接近皇帝的諫官，地位雖不高，却是杜甫僅有的一次在中央任職的經歷。就在作諫官的頭一個月，他因“見時危急”，上疏營救房琯的罷相，不料觸怒肅宗，遭到審訊，幾受刑戮。八月，他由鳳翔回到鄜州探視妻子。九月，唐軍收復長安，十月收復洛陽，肅宗於十月底返京，杜甫也回到長安，仍任左拾遺。次年（758）五月，杜甫受到肅宗新貴與玄宗舊臣鬥争的影響，外調爲華州司功參軍，從此與長安永别。杜甫回到華州，已是初夏。這時關中大饑，朝廷内李輔國專權，玄宗舊臣房琯等被排斥。“滿目悲生事，因人作遠游”（《秦州雜詩二十首》），杜甫對政治感到失望，立秋後毅然棄官，西去秦州。在秦州不滿四月，又在初冬赴同谷；停留一月後，走上艱難的蜀道，在年底到了成都。

（四）漂泊西南：肅宗上元元年（760）至代宗大曆五年（770）。這十一年內，杜甫在蜀中八九年，在荆湘兩三年，寫了一千多首詩，占《杜工部集》總數的三分之二以上。《聞官軍收河南河北》、《又呈吴郎》、《秋興》、《諸將》、《詠懷古迹》、《旅夜書懷》等，都是這一時期的優秀代表。尤其是旅居夔州（今四川奉節）期間創作的律詩，達到了爐火純青的境界。和前期不同的，這一時期的杜詩帶有更多的抒情性質，形式也更多樣化。特别值得注意的是，他創造性地賦予了七言律詩以重大的政治和社會内容。杜甫在夔州時説自己"漂泊西南天地間"（《詠懷古迹》），實際上他在成都先後住過五年，生活還是比較安定的。上元元年春，他在成都城西浣花谿畔建築了草堂，結束了四年流離轉徙的生活。上元二年（761）末，杜甫的故交嚴武出任成都尹兼御史中丞，給了杜甫不少幫助。代宗寶應元年（762）七月，嚴武應召入朝，劍南西川兵馬使徐知道叛亂，杜甫流亡到梓州、閬州。寶應二年春，延續八年的安史之亂結束，但國内混亂的局面尚未結束，西方的吐蕃又大舉入侵，十月間一度攻陷長安。廣德二年（764）春，嚴武又被任命爲成都尹兼劍南節度使，杜甫也在三月回到成都。嚴武舉薦杜甫爲節度參謀、檢校工部員外郎，杜甫在成都節度使幕府中住了幾個月，因不慣於幕府生活，一再要求回到草堂，最後嚴武允許了他的請求。永泰元年（765）五月，杜甫率領家人離開草堂，乘舟東下。"五載客蜀郡，一年居梓州"（《去蜀》），結束了漂泊西南生活的前半階段。九月到達雲安，因病不能前進，次年暮春病勢減輕，才遷往夔州。在夔州居住不滿兩年，創作十分豐富，有詩四百餘篇。

後來，因爲夔州氣候惡劣，朋友稀少，杜甫便在大曆三年（768）正月起程出峽。三月到江陵。本想北歸洛陽，又因河南兵亂，交通阻隔，不能成行。在江陵住了半年，移居公安數月，在年底到達岳陽。大曆四年至五年是他生活的最後兩年，居無定所，窮困潦倒，疾病纏身，十分凄涼。他往來岳陽、長沙、衡州、耒陽之間，大部分時間是在船上度過的。大曆五年（770）冬，已半身偏枯的詩人貧病交困，飄零在長沙與岳陽之間湘江的一葉扁舟上，寫下《風疾舟中伏枕書懷》這首三十六韻的長詩，詩中有句"戰血流依舊，軍聲動至今"，仍以國家爲念。除了摇櫓的船夫和一琖殘燈與他作伴之外，僅剩下凄蒼肅立的青山和瑟瑟入骨的寒風。幾天後，詩人便溘然長逝了，終年五十九歲。

杜甫死後，靈柩停厝在岳陽。四十三年後，即憲宗元和八年（813），才由他的孫子杜嗣業移葬於河南首陽山下。

杜甫生活在唐王朝由盛到衰的轉折時期，經歷了玄宗、肅宗、代宗三朝。他空有“緻君堯舜上”的遠大抱負，却始終未得到重用，一生飽經憂患。戰亂的時局把他捲入顛沛流離中，使他真切地接觸了當時的種種社會景象，因而能更深刻地體察到各種矛盾和弊端，體驗到下層百姓生活的艱辛和困苦，並用詩歌把這一切反映出來。

杜甫説，自己是“乾坤一腐儒”(《江漢》)。在生前和死後的很長一段時間裏，杜甫並未受到應有的重視。在流傳至今的唐人選的唐詩裏，衹有韋莊編選的《又玄集》選了杜詩七首。高仲武的《中興間氣集》專門選録從肅宗到代宗末年這一時期的詩，其時也正是杜詩的代表作大量産生的時期，而選者還聲稱要力革過去選本之弊，“朝野通取，格律兼收”，共選詩人十六位，竟没有杜甫；五代時韋縠編選的《才調集》，選唐詩一千首，裏面連杜甫的名字都没有。那時，杜甫並不顯得偉大。

可是偉大的歷史人物，終會爲歷史所認識。杜甫死後大約半個世紀，中唐詩人元稹《唐故工部員外郎杜君墓係銘》稱，詩至於子美，“盡得古今之體勢，而兼昔人之所獨專”，“詩人已來，未有如子美者。是時山東人李白，亦以奇文取稱，時人謂之李杜。”白居易《與元九書》稱，杜詩“貫穿今古，覼縷格律，盡工盡美，又過於李（白）”。到了宋代，王禹偁在《日長簡仲咸》中説過一句很深刻的話：“子美集開詩世界。”王安石則在《杜甫畫像》裏面説：“推公之心古亦少，願起公死從之游。”蘇東坡《王定國詩集叙》稱：“古今詩人衆矣，而杜子美爲首。”到了現代，聞一多《唐詩雜論・杜甫》稱，杜甫是“中國有史以來第一個大詩人，四千年文化中最莊嚴、最瑰麗、最永久的一道光彩。”

杜甫的詩，人稱“詩史”。唐人孟棨《本事詩・高逸第三》中早就説：“杜逢禄山之難，流離隴蜀，畢陳於詩，推見至隱，殆無遺事，故當時號爲‘詩史’。”宋人胡宗愈《成都草堂詩碑序》也説：“先生以詩鳴於唐，凡出處去就、動息勞佚、悲歡憂樂、忠憤感激、好賢惡惡，一見於詩，讀之可以知其世，學士大夫謂之‘詩史’。”杜詩被稱爲“詩史”，在於具有史的認識價值。他描寫了安史之亂前後的許多重要事件，描寫了百姓在戰争中承受的苦難，以深廣生動、血肉飽滿的形象，展現了戰火中整個社會生活的廣闊畫面。常被人提到的重要的歷史事件，在他的詩中都有反映。至德元年（756）唐軍陳陶大敗，繼又敗於青坂，杜甫有《悲陳陶》、《悲青坂》；收復兩京，杜甫有《收京三首》、《喜聞官軍已臨賊境二十韻》；九節度兵圍鄴城，杜甫寫了《洗兵馬》；後來九節度兵敗鄴城，爲補充兵員而沿途徵兵，杜甫寫有"三吏"、"三別"。

杜詩不僅提供了史的事實，可以證史，有些還可補史之不足或失載，如《三絕句》中寫到的渝州、開州殺刺史的事，未見史書記載，而從杜詩可見安史之亂後蜀中的混亂情形。《憶昔》則描述了開元盛世的繁榮景象："憶昔開元全盛日，小邑猶藏萬家室。稻米流脂粟米白，公私倉廩俱豐實。九州道路無豺虎，遠游不勞吉日出。齊紈魯縞車班班，男耕女桑不相失。"這是常被史家用來説明開元盛世的一首詩。寫時事，不始於杜甫；但是到了杜甫，才以如此廣闊的視野，並如此頻繁地寫時事。

當然，作爲"詩史"，杜詩絶非客觀的叙事，用詩體去寫歷史，而是在深刻反映現實的同時，通過獨特的風格表達出作者的心情。清人浦起龍説："少陵之詩，一人之性情，而三朝之事會寄焉者也。"（《讀杜心解·少陵編年詩目譜附記》）杜甫的詩涉及玄宗、肅宗、代宗三朝有關政治、經濟、軍事以及人民生活的重大問題，無不浸透了詩人的真情實感。例如杜甫中年時期的傑作《自京赴奉先縣詠懷五百字》和《北徵》，裏邊有抒情，有叙事，有紀行，有説理，有對於自然的觀察，有對社會矛盾的揭露，有内心的衝突，有政治抱負和主張，有個人的遭遇和家庭的不幸，有國家與人民的灾難和對於將來的希望。這兩首長詩包含這麼多豐富的内容，作者的心情波瀾起伏，語言縱橫馳騁，證明他在這不幸的時代，面對社會的種種現象都敏鋭地發生强烈的感應。這樣的詩是詩人生活和内心的自述，也是時代和社會的寫真。

杜詩的形式多種多樣。他令每種詩的形式都得到了新的發展。在五言古詩裏，他善於記載艱苦的旅程、社會的萬象、人民的生活以及許多富有戲劇性的言談動作，最顯著的例子是《羌村》、《贈衛八處士》、"三吏"、"三別"等。在七言古詩中，他擅長抒寫或豪放或沉鬱的情感，表達對於政治和社會的意見，如《洗兵馬》、《茅屋爲秋風所破歌》等。五、七言律詩占杜詩的一半以上，功力甚深。五律已見於杜甫的漫游時期，七律名篇多産生於到達成都以後。杜甫深厚的感情在五律中得到凝煉，在七律中得到充分的發揚。五律名篇有《春望》、《天末懷李白》、《春夜喜雨》、《水檻遣心》、《客夜》、《旅夜書懷》、

《登岳陽樓》等；七律名篇有《蜀相》、《聞官軍收河南河北》、《登樓》、《閣夜》、《詠懷古迹五首》、《白帝》、《諸將五首》、《秋興八首》、《登高》等。杜甫還寫了許多五言排律和多首七言排律，使排律得到很大的發展，其中《秋日夔府詠懷寄鄭監李賓客一百韻》長達一千字。杜詩中的絶句基本上都是在漂泊西南的最後十一年所寫。由於古詩和律詩的巨大成就，杜甫的絶句往往不被人注意，但是在即景抒情、論詩懷友、吸取民歌精華等方面，杜甫的絶句仍有不少貢獻。

"詩仙"李白和"詩聖"杜甫，歷來公認是唐代詩壇上的雙子星座。李詩不假人工，如行雲流水，是後人可慕而不可學的天才美、自然美。而杜詩沉鬱頓挫、深刻悲壯、氣勢磅礴，却又嚴格收納在工整的音律節奏中，抑揚開闔、起伏呼應，都合乎於規矩，是人人可學的人工美、藝術美。羨太白之灑脱超俗者，多推崇李白。慕子美之學深品正者，推尊杜甫。正如嚴羽《滄浪詩話》所説："太白不能爲子美之沉鬱，子美不能爲太白之飄逸"。

杜甫把詩看作是他終生的事業，自稱"詩是吾家事"（《宗武生日》）。從七歲學詩，直到去世前夕，他從未停止過寫詩。他既有豐富的生活經驗，又肯在藝術上狠下功夫，自稱"語不驚人死不休"（《江上值水如海勢聊短述》），"新詩改罷長自吟"（《解悶十二首》之七）。杜甫確實憑借着他瑰麗的詩歌，永遠活在了我們的文學史上，成爲中華文化史上的一位重要人物。

當我們夢到杜甫跨過千年，飄然孑立於眼前時，那將不再是青衫灰黯、神色孤傷的形象。因爲經過歷代讀者的重新描畫，杜甫已不僅僅代表他自己，而是代表中華文化的一種雄渾與博大、沉鬱與明澈。

望嶽

岱宗夫如何？ 齊魯青未了。

造化鍾神秀， 陰陽割昏曉。

蕩胸生層雲， 決眦入歸鳥。

會當凌絶頂， 一覽衆山小。

題解

唐玄宗開元二十四年（736），二十五歲的杜甫赴長安參加貢舉考試，結果落榜，於是就在齊趙一帶（今河南、河北、山東等地）四處漫游，《望嶽》大約就寫於這一年。“嶽”，山高謂之嶽，這裏特指東嶽泰山，在今山東泰安市北。青年杜甫以這首詩熱情讚美了泰山的雄偉氣象，同時表現了自己的凌雲壯志。

泰山名氣很大，文化内涵很深，歷代文人墨客多慕名到此登臨游覽，留下了衆多賦詩題詞。但自從杜甫《望嶽》詩面世後，一提起泰山，大家首先想

望嶽 詩意圖　苗重安 繪

到的，往往就是這篇名作。如今，泰山上的《望嶽》詩石刻共有四處，摘其詩句者更有多處，此詩的知名度可見一斑。

杜甫一生寫過三首《望嶽》。雖然題目一樣，但是描寫對象、背景、旨趣、體裁、風格各有不同。三首詩分别寫於杜甫二十五歲、四十七歲和五十八歲時，把它們並讀比較，可從中略窺杜甫青年、中年、暮年不同的際遇和胸懷。詠泰山的《望嶽》正代表杜甫青年時期光芒四射、積極進取的人生；詠華山的《望嶽》正代表杜甫中年時期失意彷徨、動極思静的人生；詠衡山的《望嶽》可代表杜甫晚年時期内斂安命、與人爲善的人生。

【句解】

岱宗夫如何？齊魯青未了

泰山究竟如何？走遍齊魯大地，衹見一片青緑蒼翠，一望無際。“岱”，泰山别名，舊謂泰山居五嶽之首，爲諸山所宗，故稱岱宗。“齊魯”，原是春秋時兩個國名，在今山東省境内；齊國在泰山之北，魯國在泰山之南，後以“齊魯”作爲這一地區的代稱。因爲是遠望，詩人看不到太多的細節，衹見到一片青緑蒼翠，望不到邊，故説“未了”。它生動地展現了泰山山脉連綿不斷的形象，同時也有看不盡、道不完的意思。

起始兩句以設問提起，既包含着醖釀已久的神往之情，更寫出泰山雄拔於齊魯大地的雄姿，可謂意出高遠。清代沈德潛《唐詩别裁集》評論這後五個字“已盡泰山”，施補華《峴傭説詩》説，這五個字“囊括數千里，可謂雄闊”。

造化鍾神秀，陰陽割昏曉

大自然似乎對泰山情有獨鍾，把神奇和秀美集中在它身上。高高的山峰，把泰山南北分割成一邊亮，一邊暗，就好像一邊是黄昏，一邊是晨曉。“鍾”，聚集或集中之意。“陰陽”，山北背日爲陰，山南向日爲陽。“割”字用在這裏，恰當地描繪了泰山的奇險。清代仇兆鰲《杜詩詳註》説：“岱宗如何，意中遥想之詞，自齊至魯，其青未了，言嶽之高遠，拔地而起，神秀之所特鍾，矗天而峙，昏曉於此判割，二語奇峭。”這兩句詩已經體現出杜甫造語煉字精雕細刻、語不驚人誓不休的特點。

蕩胸生層雲，决眦入歸鳥

細望泰山，山間雲氣生發，層層叠叠，令人心胸激蕩起伏。詩人睁大了眼睛，極盡舒展目力，追羨那飛入山間的歸鳥。劉勰謂“登山則情滿於山，觀海則意溢於海”，詩人目睹泰山的壯美而情懷滿腔。前一句顯出詩人襟懷的浩蕩，後一句顯出眼界的空闊。“决眦”，裂開眼角，形容極目遠望的樣子。詩人之所以如此，是山高鳥小，遠望所緻？還是詩人的神思隨那鳥兒一起飛翔？這兩句在寫景之中，有詩人的不盡之意及神往之情。

會當凌絶頂，一覽衆山小

由望山而聯想到登山。由久慕其名，到遠望近觀，再到决意登山，全詩雖無一個“望”字，但詩人分明不僅是用眼在望，更是用心在“望”。他想象總有一天，一定會登上泰山絶頂，放眼四望，脚下群山是那樣的渺小！《孟子·盡心上》稱“孔子登東山而小魯，登泰山而小天下”，杜甫大概此時也是這樣的心境吧。結句不但令全詩有含蓄不盡之味，更可看成是杜甫的自我期許，展示了一個青年詩人的雄心和氣概。

評解

這是一首酷似五律的五言古體詩，儘管全詩爲五言八句四十字，且中間兩聯對仗，但句中平仄聲調未按規定順序演排，各句之間也不粘綴，所以歷代選本都歸入“五言古詩”。這首詩的結構，清代仇兆鰲《杜詩詳註》卷一分析得極好：“詩用四層寫意。首聯遠望之色，次聯近望之勢，三聯細望之景，末聯極望之情。上六實叙，下二虛摹。”

本詩所寫的雖是泰山，却也是作者借歌頌泰山之雄偉，兼寫自己的胸懷，表現了一種積極用世的思想，眼下雖然未得志，但作者自信終能有所成就，攀越頂峰。全詩風格遒勁峻潔，氣魄雄放，不愧是懷有大志者的詩作，所以《唐宋詩醇》卷九評價説：“四十字氣勢，欲與岱嶽争雄。”明代莫如忠《登東郡望嶽樓》詩則感嘆：“齊魯到今青未了，題詩誰繼杜陵人？”

兵車行

車轔轔，馬蕭蕭，行人弓箭各在腰。
耶娘妻子走相送，塵埃不見咸陽橋。
牽衣頓足攔道哭，哭聲直上干雲霄。
道傍過者問行人，行人但云點行頻。
或從十五北防河，便至四十西營田。
去時里正與裹頭，歸來頭白還戍邊。
邊庭流血成海水，武皇開邊意未已。
君不聞漢家山東二百州，千村萬落生荆杞。
縱有健婦把鋤犁，禾生隴畝無東西。
况復秦兵耐苦戰，被驅不異犬與鷄。
長者雖有問，役夫敢申恨？
且如今年冬，未休關西卒。
縣官急索租，租税從何出？
信知生男惡，反是生女好。
生女猶得嫁比鄰，生男埋没隨百草。
君不見青海頭，古來白骨無人收。
新鬼煩冤舊鬼哭，天陰雨濕聲啾啾。

兵車行 詩意圖　徐燕蓀 繪

題解

《兵車行》是杜詩名篇。詩人以滿腔悲憫之情，含蓄而深刻地揭露了窮兵黷武、連年徵戰給人民帶來的苦難，寄寓着對苦難的强烈同情，充滿非戰色彩。

它的寫作時間，有天寶七載(748)、八載、九載、十載、十一載等多種説法。其實唐朝戰爭十分頻繁，抽丁拉夫、生離死別的情形並不少見。因此，這首詩有着深刻的典型意義，不一定爲某一具體歷史事實所局限。清代浦起龍的《讀杜心解》編入天寶五載至十三載，其間杜甫都在長安。

【句解】

車轔轔，馬蕭蕭，行人弓箭各在腰

戰車隆隆地響過，戰馬不停地嘶鳴；出徵的士兵，都把弓箭佩挂在了腰上。詩一開篇即展現了兵車隊伍出徵時的情形，場面真實，語言流暢，聲韻鏗鏘有力。“轔轔”，車行的軋壓聲。“蕭蕭”，戰馬嘶鳴聲。“行人”，指兵士。相對於下文的“役夫”(從軍多年的徵戍軍人)而言，這裏是指行經咸陽橋的新徵軍士。

耶娘妻子走相送，塵埃不見咸陽橋。牽衣頓足攔道哭，哭聲直上干雲霄

這四句寫軍隊開拔時送行的悲慘場面，從聽覺、視覺上的强烈感受中，集中表現了當時衆多家庭妻離子散的悲劇，令人觸目驚心。爹娘、妻子和兒女跑着爲被徵的親人送行，踏起來的塵土遮住了咸陽橋。他們有的扯住親人衣裳，有的因情緒激動而以脚跺地，攔堵着京郊大道放聲哭嚎，哭聲一直衝上了九重雲霄。

這樣一個行軍相送的場面，古今皆有，但如此倉促、混亂、悲慘，説明戰爭正在進行，社會處於混亂動蕩之中，百姓正在遭受苦難。父母送兒、妻子送夫、兒女送爹，説明一個家庭的主要勞動力被抓走了，衹剩下老弱婦幼。“走”，奔跑之意，既説明不忍分別，又點出行軍之急。這一走，凶多吉少，誰知道是死是活？因而家人追奔呼號，這樣的生死離別，怎不使人悲痛欲絶！“耶娘”，同“爺娘”，指父母。“咸陽橋”，在西安西北的渭河上，又稱西渭橋，是唐代長安通往西域的要道。

道傍過者問行人，行人但云點行頻

道旁有個過路的人，向徵夫詢問這情景的起因。徵夫們匆匆地答道："朝廷徵兵太頻繁。"這樣的分別場面，明眼人一看就知道是爲了什麽。詩人故意通過設問的方法，讓當事者，即被徵發的士卒出場。但士卒們行色匆匆，一語作答，未及多言，大概有的也祇是怨言。"傍"，同旁。"點行"，根據丁籍徵發差役。

或從十五北防河，便至四十西營田

有的人從十五歲起就被北調守河右，直到四十歲又被西徵去屯田。從這以下，詩人借用漢樂府常用的對話形式，將武皇開邊以來人民飽受的徵戰之苦集中在一個老兵身上，設爲"道傍過者"與他的回答之詞，概括了從關中到山東，從邊庭到内地，從士卒到農夫，廣大人民深受兵賦徭役之害的歷史和現實。

去時里正與裹頭，歸來頭白還戍邊

去的時候年紀小，還没有成丁，須由村長裹頭巾；回來時已是滿頭白髮，却還得應徵去守邊。由此可見，當時的戰争給百姓帶來了無窮的灾難，青壯年已徵光了，未成年的孩子和老年人，仍要去戍邊。"里正"，唐制，百户爲一里，置里正一人，管户口、賦役等事務。"裹頭"，用網或布裹在頭上。

邊庭流血成海水，武皇開邊意未已

邊疆上戰士的鮮血匯成了大海，可皇上哪管他們的死活，擴充領土的意圖還没完没了。"邊庭"，這裏指西部邊地。"武皇"，漢武帝，這裏喻指唐玄宗。詩人以漢喻唐，大膽地把矛頭直接指向最高統治者。

君不聞漢家山東二百州，千村萬落生荆杞

您没有聽説嗎，華山以東二百多處州縣，千千萬萬個村落，因連年徵戰變得人烟蕭條，田園荒蕪，荆棘横生，滿目凋殘。這兩句從眼前之景言及全國，擴大了詩的容量，也加深了詩的表現深度。"漢家"，此借指唐朝。"山東"，指華山以東的地方。"二百州"，唐代潼關以東有七道，二百十七州，從後文來看，詩中實際指的是關中以外的所有地區。"荆杞"，荆棘之類野生灌木。

縱有健婦把鋤犁，禾生隴畝無東西

男人都被徵兵打仗去了，即便有健壯的婦女在家耕田犁地，那莊稼也是長得横七竪八，行列不整，收成怎能維持生計？是婦女種不好莊稼嗎？不！是因爲戰争使得經濟凋敝，人民負擔加重，民不聊生。"無東西"，指莊稼長得雜亂不堪，行列不整，難辨東西。

况復秦兵耐苦戰，被驅不異犬與鷄

何況關中的士兵最能忍苦作戰，更像被驅趕的鷄狗一般。“秦兵”，即眼前被徵調的陝西一帶的兵丁。因爲這地方的兵丁素來耐戰，所以更是無休止地被徵調。他們身不由己，何曾被視爲“人”，其命運跟鷄犬又有什麽不同！這正應了那句痛徹至極的話：“寧爲太平犬，莫作亂離人。”

長者雖有問，役夫敢申恨

唉，軍中地位顯貴的人雖然也過問軍士的生活，可那些徵夫怎敢向他們申述自己的怨恨？在古文中，“長者”一般不用作自稱，而用作他稱，除“年長之人”、“位尊之人”這種通常意義外，還可解釋爲“顯貴的人”，這裏是對軍中長官的稱謂。這裏可能隱去了一個問句，大概是“如此悲慘，難道就没有人過問嗎？”然而即使過問，還不是敢怒不敢言？其痛之深，由此可見。

且如今年冬，未休關西卒。縣官急索租，租税從何出

就説今年吧，已經到了冬天，朝廷仍不把我們這些關西的士兵放還。縣官逼命催交租，租税又從哪兒出？前面説“山東”，這裏又云“關西”，可見到處都在用兵。“租税從何出”，與健婦、鋤犁二語相應。兵革未止，耕夫都已出徵，地都荒了，租斂又從何而出？

信知生男惡，反是生女好。生女猶得嫁比鄰，生男埋没隨百草

現在確實感受到，生男不如生女好。生女還能嫁近鄰，生男難免戰死埋荒草。在中國這樣一個素有“重男輕女”傳統的國家，説這樣的話，並非一時憤激之語，而是爲社會現實所逼。生個女兒，就算出嫁了，好歹還可以嫁給近鄰，有個照應。生個兒子呢，衹能被徵去打仗，即便活着，也讓家人牽腸挂肚，擔驚受怕，更何况凶多吉少。在這裏，生兒生女“好”與“不好”的標準，似乎衹有一個，即是否能活下來。這種異樣的心態，進一步點出戰争給人們帶來的精神上的苦難。

君不見青海頭，古來白骨無人收。新鬼煩冤舊鬼哭，天陰雨濕聲啾啾

您没看到嗎，自古以來那青海邊，遍地白骨没人收掩。舊鬼在啼哭，新鬼在訴冤，每當天陰雨濕，哭聲啾啾，真是凄慘！開篇是人哭，終篇是鬼哭，悲慘的場面、寂冷陰森的情景，令人不寒而慄，這都是“開邊未已”導緻的惡果。詩人將眼前的生死離别與千百年來無數徵人有去無回的事實相聯係，使這首詩

從更爲高遠的角度，暗示了統治者窮兵黷武的歷史延續性。"青海頭"，即青海邊，原爲吐谷渾之地，唐高宗時爲吐蕃所占，以後數十年間，和吐蕃的戰爭大都在這一帶發生，唐軍死亡很多。"煩冤"，愁悶冤枉。"啾啾"，古人想象中鬼的叫聲。

評解

這是一首諷世傷時的七言歌行，它寓情於敘事之中，在敘述中張翕變化有序，前後呼應，嚴謹縝密。詩的字數雜言互見，韻脚平仄互换，多處使用了民歌的"頂真"手法，誦讀起來，纍纍如貫珠，聲調抑揚頓挫，情意低昂起伏。既井井有條，又曲折多變。另外，還運用了對話方式和一些口語，使讀者有身臨現場的真切感，真可謂"新樂府"詩的典范。其主旨，單復分析説："此爲明皇用兵吐蕃而作，故托漢武以諷，其辭可哀也。先言人哭，後言鬼哭，中言内郡凋敝，民不聊生，此安史之亂所由起也。吁，爲人君而有窮兵黷武之心者，亦當爲之惻然興憫，惕然知戒矣。"（《唐宋詩醇》卷九）

作爲杜甫最早的一首新題樂府，《兵車行》標誌着杜甫創作道路上的重要里程碑，也是唐詩發展史上值得大書特書的關鍵。《兵車行》一詩，因事命題，對於以舊題寫時事之舊習，進行了革新。杜甫之前的樂府詩，往往"文不對題"，詩題與時事之間存在着間隔，不同步地反映現實。《兵車行》則使這一詩歌形式恢復了與現實之間的密切聯係，而不再受古題的束縛，使讀者很自然地把詩歌描寫的内容同當時發生的史事聯係起來。

麗人行

三月三日天氣新，長安水邊多麗人。
態濃意遠淑且真，肌理細膩骨肉勻。
繡羅衣裳照暮春，蹙金孔雀銀麒麟。
頭上何所有？　　翠微盍葉垂鬢唇。
背後何所見？　　珠壓腰衱穩稱身。
就中雲幕椒房親，賜名大國虢與秦。
紫駝之峰出翠釜，水晶之盤行素鱗。
犀箸厭飫久未下，鸞刀縷切空紛綸。
黃門飛鞚不動塵，御厨絡繹送八珍。
簫鼓哀吟感鬼神，賓從雜遝實要津。
後來鞍馬何逡巡，當軒下馬入錦茵。
楊花雪落覆白蘋，青鳥飛去銜紅巾。
炙手可熱勢絶倫，愼莫近前丞相嗔。

麗人行 詩意圖 程十發 繪

題解

《麗人行》是一首“舊瓶裝新酒”的七言樂府詩，詩題在漢代劉向《别録》中已有記載。但因其内容是直接針對當時的宰相楊國忠兄妹，不用古樂府借古喻今的慣例，所以中唐的元稹稱其爲“新樂府”。今天看來，可以視爲杜甫新題樂府中的例外。這首詩大約作於天寶十二載（753）。此前一年，楊國忠官拜右丞相兼文部尚書，勢傾朝野。

《麗人行》是杜甫的名篇，描寫的是一個春暖花開的時節，楊國忠兄妹在長安城南曲江游宴時的情景，諷刺了他們驕奢淫逸的醜行，也從側面曲折地反映了唐玄宗的昏庸和時政的腐敗。

【句解】

三月三日天氣新，長安水邊多麗人

三月三日這一天，天氣晴新；在長安城的曲江池畔，麗人聚集如雲。開頭先點出時間，是三月三日上巳節。古時的上巳節，原定於三月上旬的一個巳日，所以叫上巳。曹魏以後，這個節日才固定在三月三日。早先，人們到水邊去游玩采蘭，以驅除邪氣，祓除不祥。後來逐漸演變成郊游踏青、水邊宴飲，反而重在賞玩景物和飲酒作詩，其祭神沐浴的原意則慢慢消失了。“水邊”，指曲江池邊，在唐都城長安東南角，景色秀麗，是游覽勝地。唐朝時，這一天多有仕女賞游於此。唐人劉篤《上巳日》詩有云：“上巳曲江濱，喧於市朝路。相尋不見者，此地皆相遇。”

態濃意遠淑且真，肌理細膩骨肉勻

麗人們姿態濃艷，神情高遠，模樣端莊，天真自然，並且一個個肌膚紋理細膩，骨肉標緻勻稱。齊梁以來的歌行體善以富麗的詞采賦寫女子容飾，詩人借鑒這一傳統手法，用工筆畫一般細膩的筆法、富麗的色調，渲染麗人們嫻雅的體態，優美的姿色，顯示出與衆不同的高貴身份，一看就是皇親、貴族。明末王嗣奭《杜臆》評價説：“本是諷刺，而詩中直叙富麗，若深不容口，妙妙。”

繡羅衣裳照暮春，蹙金孔雀銀麒麟

詩人在描寫麗人容貌之後，接着言其服飾之華麗：繡花綾羅的衣裳，輝映着那暮春的風光，上面有金綫繡的孔雀，銀綫刺的麒麟。“蹙金”，一種刺繡方法，用金綫繡花而縐縮其綫紋，使其緊密而匀帖。也可指這種刺繡工藝品。

頭上何所有？翠微盍葉垂鬢唇

頭上戴着什麽呢？翠青色的盍彩葉一直下垂到雙鬢。“翠微”，本來形容山光水色的青翠縹緲，這裏是指天然的翠青色。“盍葉”，即盍彩葉，古代婦女髮髻上的花飾。“鬢唇”，即鬢邊、鬢脚。

背後何所見？珠壓腰衱穩稱身

繼描繪頭飾之後，又推出背部特寫。背後見到什麽？是綴滿珍珠的裙腰，看哪，多麽穩稱合身。“珠壓”，謂珍珠綴於腰帶，壓住使其下垂，不讓風吹動，既合體，又沉穩，所以下面説“穩稱身”。“腰衱”，裙帶，這裏作腰帶解。

就中雲幕椒房親，賜名大國虢與秦

詩人在前面描寫的是一般麗人，其容貌服飾之華美已不待言。不過，她們都是陪襯，現在，主角要出場了。你看，江邊有幾座輕柔飄灑如雲霧的帳幕，裏面是楊貴妃的姐姐們，就是那被皇上封爲“虢國”、“秦國”的國夫人。“雲幕”，這裏代指皇帝的處所。“椒房”，本指漢代皇后居室，以椒和泥塗壁，取其温暖，兼辟除惡氣，使有香氣，後世因稱皇后爲椒房。虢國夫人和秦國夫人均爲楊貴妃的姊妹，所以説“椒房親”。楊貴妃，本是唐玄宗之子李瑁的妻子，後被玄宗看中。《舊唐書·楊貴妃傳》載，貴妃大姐封韓國夫人，三姐封虢國夫人，八姐封秦國夫人，出入宫掖，並承恩澤。唐玄宗特令每月各給十萬錢，專作脂粉之費，平日賞賜更是不計其數。她們出門游玩時，各家成一隊，穿一色衣服，彷彿雲錦粲霞；車馬僕從，堵塞道路。中唐畫家張萱曾畫過《虢國夫人游春圖》，在一定程度上反映出當時的情景。楊貴妃的叔叔和兄弟也都通過裙帶關係被加官進爵，其中楊國忠更是以椒房之親而官至丞相。

紫駝之峰出翠釜，水晶之盤行素鱗

她們在雲帳裏面擺設酒宴，用色澤鮮艷的銅釜盛着香噴噴的紫駝峰肉，用水晶圓盤盛着肥美的清蒸鮮魚。“峰”，一作“珍”。“素鱗”，白色的魚。這裏的“翠”，並非翠色或翡翠的意思，因爲當時的釜一般都是用黄銅製作，即使其耳或柄可用玉作裝飾，但以“翠釜”來指玉飾的釜，也是不大妥帖的。故“翠釜”實際就是指色澤金黄鮮艷的銅釜，這與稱華美的樓閣爲“翠樓”用法相同。而在修辭上，以“翠”與“紫”相互映襯，更能襯托出楊氏姐妹食饌的珍美、生活的豪華與奢侈。

犀箸厭飫久未下，鸞刀縷切空紛綸

手捏犀牛角做的筷子，却遲遲不夾菜，因爲這些早就吃膩了。衹可憐那些手拿彎刀精切細作的厨師們，他們可是白白地忙活了一場。“犀箸”，犀牛角做的筷子，言餐具之貴重。“厭飫”，飽食生膩。“鸞刀”，刀環裝有鸞鈴的刀，古代一般在祭祀時割牲用。“縷切”，切成細絲，言食物之精美。“紛綸”，忙碌之意；前加一個“空”字，有勞民傷財之意。

黄門飛鞚不動塵，御厨絡繹送八珍

太監們飛馬回宫報信，却不揚起灰塵，不一會兒，就有天子的御厨絡繹不絶地送來海味和山珍。從這樣的排場中，可見她們受到皇帝何等的寵幸。“黄門”，指太監。因東漢有黄門令、中黄門諸官，皆爲宦官充任，故稱。“飛鞚”，疾馳的馬；鞚，原指馬籠頭，這裏借指馬。“八珍”，最早出現在《周禮·天官冢宰第一》中。文中説，周天子進膳時，“食用六穀，膳用六牲，飲用六清，羞用百有二十品，珍用八物，醬用百有二十甕”。“珍用八物”，就是説珍貴的肴饌要取用八種東西，於是就有了“八珍”之説。後來，“八珍”就成了珍貴食物的代名詞。

簫鼓哀吟感鬼神，賓從雜遝實要津

宴席上簫鼓奏出清音，纏綿宛轉的樂曲感動鬼神。賓客隨從衆多而雜亂，滿座都是當朝的達官貴人們。這兩句暗指貴人受寵，趨炎附勢者衆多。“簫鼓”，一作簫管。“雜遝”，衆多雜亂貌。“要津”，原指重要的津渡，亦比喻要害之地，這裏指顯要的職位、地位。

後來鞍馬何逡巡，當軒下馬入錦茵

最後騎着馬，姍姍來遲的，是楊丞相。他大模大樣，旁若無人，來到軒門才下馬，步入錦毯鋪地的帳篷，去會國夫人。“後來鞍馬”，指楊國忠，却故意不在這裏明説。楊國忠於天寶十一載（752）十一月，拜右丞相兼文部尚書，外憑右相之尊，内恃貴妃之寵，擅權專斷，頤指氣使，阻塞言路，使朝政昏暗。“逡巡”，原意爲欲進不進，這裏是顧盼自得的意思。

楊花雪落覆白蘋，青鳥飛去銜紅巾

曲江岸邊，楊花如雪飄落，覆蓋在白蘋上。傳情的青鳥飛過，叼走了國夫人的紅手巾。這兩句借曲江池邊景，巧用北魏胡太后私通楊白花的故事和青鳥傳書的典故，含蓄而又尖鋭地揭露了楊氏兄妹淫亂無耻的醜行。

“白蘋”，指水中浮草。北魏胡太后曾威逼楊白花與己私通，楊白花懼禍，降梁，改名楊華。胡太后思念他，作《楊白花歌》，有“楊花飄蕩落南家”，及“秋去春來雙燕子，願銜楊花入窠裏”之句。《世説》裏説：“楊花入水，化爲浮萍”之説，意思是楊花、白蘋實爲一體。楊國忠與虢國夫人本爲兄妹關係，就像那楊花、白蘋一樣，但據宋代樂史《楊太真外傳》，二人有淫亂醜行。這一句既是喻諷，又暗合諸楊之姓。

“青鳥”，最早出自《山海經》，是神話中的鳥名，西王母的使者。相傳西王母將見漢武帝時，先有青鳥飛集殿前。後被用作男女之間的信使，這裏喻指爲楊氏傳遞消息的人。“紅巾”，婦女所用的紅手帕，這裏是説使者在暗遞消息。

炙手可熱勢絶倫，慎莫近前丞相嗔

丞相權勢正天下絶倫，炙手可熱好怕人。游人啊，請小心，那座帳篷千萬别去靠近，惹怒了丞相，可别怨他怪罪！“丞相”，指楊國忠，直到這時，才在詩中點明。而詩至此高潮，即戛然而止。清代黄生《杜詩説》云：“先時丞相未至，觀者猶得近前。及其既至，則呵禁赫然，遠近皆爲辟易（即遠遠躲開）。此段具文見意，隱然可想。”詩句表面似乎含蓄，實則非常尖鋭；表面似乎幽默，實則非常辛辣。炙手可熱，原意是手一接近就感受很熱，使人接近不得，引申比喻權勢氣焰囂張。“絶倫”，無人能比。

評解

這首詩本刺楊家兄妹，開頭反從一般麗人寫起，描繪其體貌服飾的華美，既是陪襯，又十分含蓄。繼而筆鋒一轉，點出虢國夫人與秦國夫人，盛言排場的盛大、宴游的豪奢及趨炎附勢者之衆，見出楊氏兄妹的驕寵之態。最後寫楊國忠威勢煊赫、意氣驕恣，並暗示其淫亂行爲。結尾兩句，才算把主題點出，但依然不着議論，而是讓讀者自去體會。全詩語極鋪排，富麗華美中藴含清剛之氣。雖然字面上不見譏刺痕迹，但在惟妙惟肖的描摹中，其隱含犀利的譏諷，已然入木三分。正如清人浦起龍《讀杜心解》所評：“無一刺譏語，描摹處語語刺譏；無一慨嘆聲，點逗處聲聲慨嘆”。

自京赴奉先县詠怀五百字

杜陵有布衣，老大意轉拙。許身一何愚，竊比稷與契。
居然成濩落，白首甘契闊。蓋棺事則已，此志常覬豁。
窮年憂黎元，嘆息腸内熱。取笑同學翁，浩歌彌激烈。
非無江海志，瀟灑送日月。生逢堯舜君，不忍便永訣。
當今廊廟具，構廈豈云缺？葵藿傾太陽，物性固難奪。
顧惟螻蟻輩，但自求其穴。胡爲慕大鯨，輒擬偃溟渤？
以兹悟生理，獨耻事干謁。兀兀遂至今，忍爲塵埃没？
終愧巢與由，未能易其節。沉飲聊自適，放歌頗愁絶。
歲暮百草零，疾風高岡裂。天衢陰峥嶸，客子中夜發。
霜嚴衣帶斷，指直不得結。凌晨過驪山，御榻在嵽嵲。
蚩尤塞寒空，蹴踏崖谷滑。瑶池氣鬱律，羽林相摩戛。
君臣留歡娱，樂動殷膠葛。賜浴皆長纓，與宴非短褐。
彤庭所分帛，本自寒女出。鞭撻其夫家，聚斂貢城闕。
聖人筐篚恩，實欲邦國活。臣如忽至理，君豈棄此物？
多士盈朝廷，仁者宜戰慄。况聞内金盤，盡在衛霍室。
中堂舞神仙，烟霧散玉質。暖客貂鼠裘，悲管逐清瑟。
勸客駝蹄羹，霜橙壓香橘。朱門酒肉臭，路有凍死骨。
榮枯咫尺異，惆悵難再述。北轅就涇渭，官渡又改轍。
群冰從西下，極目高崒兀。疑是崆峒來，恐觸天柱折。
河梁幸未坼，枝撑聲窸窣。行旅相攀援，川廣不可越。
老妻寄異縣，十口隔風雪。誰能久不顧，庶往共飢渴。
入門聞號咷，幼子餓已卒。吾寧捨一哀，里巷亦嗚咽。
所愧爲人父，無食緻夭折。豈知秋禾登，貧窶有倉卒？
生常免租税，名不隸徵伐。撫迹猶酸辛，平人固騷屑。
默思失業徒，因念遠戍卒。憂端齊終南，澒洞不可掇。

自京赴奉先縣詠懷五百字 詩意圖 陳謀 繪

題解

這首詩作於天寶十四載（755）。十月，杜甫得到右衛率府兵曹參軍的任命。十一月，杜甫從京城長安去奉先縣（治所在今陝西蒲城）探家，安禄山恰在此時造反。杜甫經驪山時，安史之亂的消息還無從知曉，唐玄宗和楊貴妃正在驪山華清宫避寒享樂。詩人久已積壓在心頭的政治危機感和大亂將臨的預感，爲沿途所見榮枯之異和到家後得知幼子餓死等事所激發，於是創作了這首名詩。

全詩凡五百字，而其中叙述自京師出發，過驪山，就涇渭，抵奉先，不過數十字，其餘都是議論或感慨，因爲題目畢竟是“詠懷”。作爲杜甫五言古詩中的代表作，全詩所詠之懷，主題有二：一是叙説他素懷濟世之志，却不得伸展，雖艱難困苦，仍不改初衷。二是對正在驪山行宫中肆意揮霍享樂的玄宗君臣提出責難，對社會上嚴重的貧富分化，及動亂的苗頭表示了沉重的憂慮。全詩以“窮年憂黎元”爲主綫，標誌着詩人憂國憂民的現實主義創作思想已經形成，具有劃時代的意義。它是杜甫困居長安十年生活與思想的總結，在藝術上也已達到純熟境地。

【句解】

杜陵有布衣，老大意轉拙。許身一何愚，竊比稷與契

開篇以“詠懷”起：我這個住在杜陵的布衣之士，年紀越來越大，心思反而越來越拙笨；我對自己的期許是多麽愚蠢啊，竟然暗自比爲后稷和契這兩位賢臣。前兩句是自謙之詞，隱含懷才不遇之慨；後兩句爲自嘲之詞，隱含自述生平大志之意。卑中有傲，怨中帶憤，却表達得委婉曲折。

杜甫的遠祖杜預是杜陵人，杜甫在長安時，居住在杜陵東南的杜曲，所以他自稱杜陵布衣。所謂“老大”，帶有慨嘆，因爲杜甫當時才四十四歲。而“拙”，同樣也是飽含辛酸的憤怨之詞。“許身”，即自許，自期。“稷”，即后稷，堯時的賢臣，是教民播種五穀的農官。“契”，舜時的賢臣，任司徒，掌管教化，推行文化教育。

居然成濩落，白首甘契闊。蓋棺事則已，此志常覬豁

果然是大而無當，淪落失敗了，但我明知定要失敗，仍舊甘願這樣困苦

到老。如果死了，那就罷了；倘若還未蓋棺，還有一口氣，我還是希望實現自己濟世愛民的理想。

“濩落”，原謂廓落或瓠落，即空廓而無用，大而無當，引申爲淪落失意。“契闊”，指勤苦，勞苦。《新唐書·杜甫傳》説：“甫曠放不自檢，好論天下大事，高而不切。”所以，爲世俗所不容。志在聖賢事業，而不爲人所理解，自然要淪落失意了。“覬豁”，希望能達到。

窮年憂黎元，嘆息腸内熱。取笑同學翁，浩歌彌激烈

一年到頭爲百姓而憂傷，嘆息之中，内心火辣辣地難過。自己的志向常被同學翁們所取笑，但理想之歌，却更加激昂高亢。詩人關心百姓疾苦，願爲民盡自己的一生，憂民情懷，感人至深。但當時却常爲不知者所譏笑，縱然如此，他還是矢志不移。這幾句表現了詩人追求理想的執著信念。“窮年”，終年，長年。“黎元”，指老百姓。“腸内熱”，内心煎熬。

非無江海志，瀟灑送日月。生逢堯舜君，不忍便永訣

我不是没有隱逸江湖、浪迹天涯的志趣，不是不願過那種瀟灑自如、悠閑自在的生活；祗是因爲生逢堯舜一樣聖明的君主，不忍心掉頭而去，永遠離開。這幾句表現了詩人得君濟民的志向，有積極用世的思想。“江海志”，指浪游天下，隱居不仕。“堯舜君”，對應着上文所説的稷與契。欲爲稷契，就要下救黎元，上輔堯舜，這是全篇主旨所在。江海之士遺世自保，朝中之臣多有尸位素餐者，杜甫却始終憂國憂民，這是他的偉大精神所在，也是爲人取笑、不被理解的原因。

當今廊廟具，構厦豈云缺？葵藿傾太陽，物性固難奪

既逢堯舜一樣的聖主明君，當今朝廷中有的是撑拄巨厦的棟梁之材，難道説還缺少我這一塊料嗎？即使如此，我還是像那向日葵始終跟着太陽轉一樣，因爲物的本性是難以改變的。既然朝廷不少他一人，詩人却偏要躋身其中，這是進一步説明其積極用世之心。而將此歸爲天性，則其忠君愛國、匡國利民之情之志，實是堅不可移。“奪”，改變的意思。“葵藿”，向日葵花。

顧惟螻蟻輩，但自求其穴。胡爲慕大鯨，輒擬偃溟渤

忠君愛國發乎天性，固然很好，是不是過於熱衷功名呢？所以接下來予以自剖：回過頭看一看，想一想，那些螻蟻輩祗知道經營自己的安樂窩；我爲什麽就羡慕那大鯨，總想在大海裏游息？鯨魚之志，而冠以“胡爲”，這一正

話反說，也是杜甫自嘲其拙。

以兹悟生理，獨耻事干謁。兀兀遂至今，忍爲塵埃没

從中我領悟了人生處世之道，特别耻於屈身拜謁權貴。也正因此，艱難困苦的生活延續至今，但我决不甘心被世俗的塵埃所湮没。杜甫悟出了什麽"生理"呢？清何焯《義門讀書記》説："言自知不得不與螻蟻争榮。"自己雖有用世之心，可是耻於奔走權門之路，落得埋没風塵。宋黄徹《䂬溪詩話》評論説："言志大術疏，未始阿附以借勢也；爲下士所笑，而浩歌自若，皇皇慕君，而雅志栖遁；既不合時，而又不少低屈。皆設疑互答，屢致意焉。非巨刃有餘，孰能之乎？"

終愧巢與由，未能易其節。沉飲聊自適，放歌頗愁絶

終究愧對巢父和許由這兩位高士，我實在不能改變積極入世的大節。衹好沉飲，聊以自遣；放聲歌唱，但還是憂愁難絶。"巢與由"，巢父和許由，是古代兩位避世隱居的高士。這幾句自傷抱志莫伸。即使耽誤了生計，瞧不起螻蟻之卑，也愧對巢由之高，但也不肯歸隱。所以進退躑躅之際，衹好沉飲自遣。

開篇至此，詩人在回顧往事的萬般感慨中，傾吐了不遇之悲和身世之感。以下寫途經驪山的見聞和感想。

歲暮百草零，疾風高岡裂。天衢陰峥嶸，客子中夜發。霜嚴衣帶斷，指直不得結。凌晨過驪山，御榻在嵽嵲

時當年末，百草凋零，猛烈的北風凍裂了高山巖石。天空陰雲密佈，寒氣陰森。半夜時分，我從長安啓程。嚴酷的霜雪，凍斷了衣帶；凍僵的手指，難以把它係上。凌晨時，路過驪山脚下，皇上的卧榻正設在高峻的山上。

"天衢"，天空，一説天街。"驪山"，在長安東六十里處，山中有温泉，建有華清宫，爲皇帝避寒之所。"嵽嵲"，高峻的山。

蚩尤塞寒空，蹴踏崖谷滑。瑶池氣鬱律，羽林相摩戛

兵氣瀰天，崖谷路滑；每走一步，都提心吊膽。而行宫裏的温泉池，却蒸騰着暖氣，宫外的禁衛軍密密麻麻，兵器如林，相互碰撞。通過這些叙述，不僅令人身臨其境地感受到行旅風霜之苦，而且反襯出驪山華清宫内的暖意，使宫内宫外的苦樂形成强烈的反差。"鬱律"，烟霧蒸騰的樣子。

"蚩尤"，傳説中的古代九黎族首領。以金作兵器，與黄帝戰於涿鹿，决戰時霧塞天地，失敗被殺。這裏以人代物，借指霧。"蹴"，踩，踏。

君臣留歡娱，樂動殷膠葛。賜浴皆長纓，與宴非短褐

驪山上的音樂驚天動地，君臣留在行宫裏，通宵達旦地歡娱。被皇帝賜浴温泉的都是達官顯貴，賜與宴飲的没有一個是平民百姓。這幾句記述君臣在驪山的游樂之迹。“殷”，盛大，厚重。“膠葛”，深遠廣大的樣子。“纓”，係冠的帶子，以二組係於冠，結在頷下。“長纓”，這裏代指達官顯貴。“短褐”，乃貧賤者所穿，這裏代指平民百姓。

彤庭所分帛，本自寒女出。鞭撻其夫家，聚斂貢城闕

朝廷分給臣子的絲綢織物，本是貧寒的女子織成；官吏們横徵暴斂，鞭撻其夫，把它們進貢給宫廷。這四句是詩人有憤於統治者的耽樂害民，據實加以披露，語意沉痛。據史書記載，天寶八載，玄宗因爲國庫充實，視金帛如糞土，經常大量賞賜貴寵之家。“彤庭”，亦作彤廷。彤，朱紅色。漢代宫廷，因以朱漆塗飾，故稱，這裏指代朝廷。“城闕”，京城的宫闕，指代首都長安。

聖人筐篚恩，實欲邦國活。臣如忽至理，君豈棄此物

皇上把一筐一筐的絹帛恩賜給群臣，本意是想獎勵他們努力工作以使國家興盛。作臣子的如果忽視這一道理，分帛而不分憂，那麽皇上難道不是把這些東西白白扔掉了？黄生《杜詩説》評論説：“本諷朝廷賞賚無節，然但歸咎臣下虚縻主上之賜，深得立言之體。”“聖人”，是古代對皇帝的習慣稱呼。“筐”，“篚”，都是盛物的竹器。“活”，猶甦醒，指代治理。

多士盈朝廷，仁者宜戰慄。况聞内金盤，盡在衛霍室

衆多的官吏站滿了朝廷，那些有良心的人見到這種單純追求賞賜而不爲國家分憂的現象，是應該感到後果可怕的。何况聽説宫廷裏的珍寶器物，都已流落到皇親國戚的家裏。

詩人譏諷賞賜泛濫的同時，暗示出當時國庫空虚的重要原因。“多士”句，照應上文的“當今廊廟具”。“衛霍”，衛青、霍去病，是漢代的外戚。此指楊氏家族。

中堂舞神仙，烟霧散玉質。暖客貂鼠裘，悲管逐清瑟

想那廳堂之上，楊氏姐妹在翩翩起舞，透過輕烟一樣的舞衣，潔白的肌膚依約可見。賓客穿着輕暖的貂皮大衣，激昂的管樂和清細的弦樂一曲接一曲。由文武百官，到中樞大内，再到皇帝寵妃，詩人一步逼緊一步，言其享樂生活，

雖未直言皇帝，其情可想而知。“神仙”，舞女歌伎的代稱，這裏指虢國夫人或楊玉環。

勸客駝蹄羹，霜橙壓香橘。朱門酒肉臭，路有凍死骨。榮枯咫尺異，惆悵難再述

酒宴間，勸賓客品味駝蹄羹，飯後又端上一盤盤霜橙和香橘。豪門之家酒肉堆積變了味，宮外路上橫陳着凍死者的尸骨。咫尺之間就有如此的榮枯之異，我的心惆悵之極，實在無法再細説什麼！“朱門”一聯，形象而凝煉，是千古傳誦的名句。它以議論入詩，大大提高了詩的思想性，既深刻地揭露了唐代剥削制度的本質特徵，戳穿了封建盛世虚幻的帷幕，又是整個社會貧富懸殊對立的典型概括。

“朱門”，古代王侯以朱紅塗户，這裏代指貴族之家。“榮”，指門第高貴，錢財衆多，申説上面朱門之尊榮。“枯”，指低賤貧困，申説上面的“路有凍死骨”。咫，周制八寸爲咫，相當於今制市尺六寸多。

北轅就涇渭，官渡又改轍。群冰從西下，極目高崒兀。疑是崆峒來，恐觸天柱折

以下寫詩人繼續北上辛苦跋涉的情狀及到家後的境况。向北行進，來到涇渭二水匯合處，渡口移動了位置，衹好改道尋找。找到新的渡口却又無船可渡，衹見層層冰塊從西面漂流而下，放眼望去，上游的冰凌像山一樣高，彷彿是崆峒山順水漂來，真擔心會撞斷天柱啊！

“官渡”句，官府在涇、渭二水的匯合處昭應（今陝西臨潼）設渡口，因水勢不定，渡口常移。“崆峒”，山名，在今甘肅省平凉縣西，涇河發源於此山。詩人以水勢和“天柱折”這一典故，隱喻當時國家形勢的危急，寓意深刻。“天柱折”，典出《淮南子・天文訓》：“昔者共工與顓頊争爲帝，怒而觸不周之山。天柱折，地維絶。天傾西北，故日月星辰移焉”。

河梁幸未坼，枝撑聲窸窣。行旅相攀援，川廣不可越

幸好橋梁没有斷裂，但是支柱已然窸窣作響。行旅之人相互攙扶着走在上面，真擔心不能平安通過這麼寬的河面。“河梁”，河橋。“窸窣”，動摇之聲。

老妻寄異縣，十口隔風雪。誰能久不顧，庶往共飢渴

老妻寄居在異地他鄉，嚴冬的風雪隔斷了一家十口。身爲妻夫子父，誰

能長期不顧及她們？我希望前往與她們共受飢寒。“寄”，客居。“異縣”，指奉先縣。

入門聞號咷，幼子餓已卒。吾寧捨一哀，里巷亦嗚咽。所愧爲人父，無食緻夭折。豈知秋禾登，貧窶有倉卒

剛一進門就聽到嚎啕痛哭，原來我的小兒已被活活餓死。我豈能忍住哀痛，街坊鄰居也爲此嗚咽流淚。所感愧的是我作爲孩子的父親，能生不能養，緻使這小小生命竟因無食而夭折。哪裏料到眼下大秋剛過，我們貧苦人家仍然不免於意外的悲傷！

生常免租稅，名不隸徵伐。撫迹猶酸辛，平人固騷屑

我們這樣的人家是免交租稅的，也是不用去當兵的，然而思量自身的經歷，是這樣的辛酸。至於一般的平民百姓，他們的日子當然是更爲動蕩不安。詩人由自己的不幸看到社會的普遍不幸，不僅見出推己及人的“仁者之心”，而且在“平人”的擾亂不安中，透出一觸即發的社會危機。“撫迹”，猶撫事。“平人”，即平民，唐人避太宗李世民之諱，改“民”爲“人”。“騷屑”，騷動不安。

默思失業徒，因念遠戍卒。憂端齊終南，澒洞不可掇

我默默地思慮那些失去産業的人，還有那些扔下一家老小遠戍邊塞的士兵。我的憂思啊，與高聳入雲的終南山齊巔，像洶涌無邊的大海，廣漠無涯，無法收斂。

富於同情心和社會責任感的杜甫，將個人的命運同時代的苦難糾結在一起，從自身的遭遇聯想到更多的人、更普遍的社會問題。前兩句以憫亂收束，後兩句以詠懷總結，身世之患深矣。我之憂尚且如此，推己及人，則下民與戍卒之憂，又有遠甚於我的，真是百端交集，所以説“齊終南”，“不可掇”。“終南”，山名，在今陜西省西安市南。“澒洞”，相連無際、廣漠無邊的樣子，這裏用來形容憂愁。“掇”，拾取、收拾之意。

評解

此爲杜甫詩史巨篇，清代浦起龍《讀杜心解》高度評價這篇作品，説：“是爲集中開頭大文章，老杜平生大本領，須用一片大魄力讀去。……通篇祇是三大段，首明賫志去國之情，中慨君臣耽樂之失，末述到家哀苦之感，一篇之中

三緻意焉。”張溍更稱讚這首詩是“文之至者，止見精神，不見語言，此五百字，真懇切到淋漓沉痛，俱是精神，何處見有語言。”

這首詩以詩人所經過的路綫爲綱，所見所聞爲目，首句至“愁絶”句，是自叙其志向，雖然落魄不遇，仍希望實現濟世的理想。“歲暮”至“再述”，叙述沿途所見宴游之事，所聞奢靡之風，以感切時政。“北轅”至最末，叙述歷險赴家，而有幼子餓死之慘劇，念及窮民，而憂及國事。

全篇言言深切，字字沉痛，感時憂國，披寫滿懷，有千里一曲之勢，而筆筆頓挫，一曲中又有無數波折。用今天大家常用的話説，這首詩最大的特點就是沉鬱頓挫，這也是杜詩的主要風格特徵。杜甫是係念國家安危和生民疾苦的詩人。動亂的時代，個人的坎坷遭遇，一有感觸，則悲慨滿懷。他的詩有一種深沉的憂思，無論是寫生民疾苦、懷友思鄉，還是寫自己的窮愁潦倒，感情都是深沉闊大的。他的詩，藴含着一種厚積的感情力量，每欲噴薄而出時，他的仁者之心和儒家涵養所形成的中和處世的心態，便把這噴薄欲出的悲愴抑制住了，使它變得緩慢深沉，變得低迴婉轉。詩中先叙抱負之落空，仕既不成，隱又不遂，中間四句一轉，感情波瀾起伏，待到鬱勃不平之氣要爆發出來，却又撇開個人的不平，轉入對驪山的描寫。由驪山上的奢靡生活，寫到貧富懸殊，不平憤懣之情似乎又是要噴薄而出了，但是没有；感情迴旋，變成了“榮枯咫尺異，惆悵難再述”的深沉嘆息。至“幼子餓已卒”，悲痛欲絶的感情，看來似乎要難以自制了，最後由個人的悲痛轉爲對百姓苦難的深沉憂思，留下無窮的餘韻。

月夜

今夜鄜州月，閨中衹獨看。
遥憐小兒女，未解憶長安。
香霧雲鬟濕，清輝玉臂寒。
何時倚虛幌，雙照淚痕乾？

題解

唐玄宗天寶十五載（756）七月，安史叛軍攻陷長安後的一個月，肅宗在靈武（今屬寧夏）即位，改元至德。八月，杜甫携家逃難鄜州，把家人安置在羌村之後，隻身奔往靈武，想爲國効力，不料在途中被安禄山叛軍所俘，押往長安。因官職卑微，也没有什麽名聲，未被囚禁，但身陷叛軍占領之地，安危難測。當此之際，親情最難釋懷，於是寫下這首五律，表達對離亂中的妻子家小的深切挂念。

月夜 詩意圖 華三川 繪

【句解】

今夜鄜州月，閨中衹獨看

今晚圓圓的秋月多麼皎潔美好，妻子一人在鄜州閨中獨看。開篇寫得既突兀又形象。詩人身在長安，不寫長安的月夜，却寫起鄜州的月色；不寫自己懷念妻子，反而寫妻子想念自己。這種寫法雖違常規，但細細玩味，它已包含自己在內。正是因爲詩人在長安望月，在想念妻子，才想到妻子正在思念自己。"衹獨看"，雖是描寫想象中妻子孤獨望月的形象，但使人感到她望月時感情是那樣的真摯和凝重。妻子如此，詩人又何嘗不是這樣呢？這種寓主觀於客觀，以客觀寫主觀的手法，新穎而别緻。"鄜州"，今陝西省富縣。

遥憐小兒女，未解憶長安

上一聯寫懷念妻子，這一聯寫思念兒女，抒發無言的懸念之苦。詩人在遠方憐愛着小兒幼女們，想着他（她）們還不懂得想念遠在長安的父親，還不理解母親望月懷人，思念長安！兒女幼小，不懂世事，詩人自是無限憐愛。同時，也進一步顯出妻子之"獨"。她携兒帶女，獨處荒村，自是苦不堪言。"遥憐"一詞，道出詩人無限的憂思和憐愛，同時也反襯出妻子的遥念和傷悲。清代仇兆鰲《杜詩詳註》説："意本思家，而偏想家人之思我，已進一層。至念及兒女之不能思，又進一層。須谿（劉辰翁）云'愈緩愈悲'是也。"

香霧雲鬟濕，清輝玉臂寒

夜深露重，你烏雲似的散發着芳香的頭髮已爲霧氣所濕。月光如水，你如玉的臂膀，應該感到凄寒。這兩句描繪出清幽的夜景，更勾勒出妻子籠罩在清光夜霧中的倩影，真切地描繪了一個似乎近在身旁却又遠在天邊的幻象，詩人神思恍惚的情態也可以想見。明末王嗣奭《杜臆》云："語麗而情更悲"。"濕"、"寒"二字，寫出夜已深而人未寐的情景。"香霧"，夜霧本無香，香是從雲鬟中散出。"雲鬟"，婦女如雲一樣的鬢髮。

何時倚虚幌，雙照淚痕乾

何時能團聚，雙雙依偎在薄帷前，共賞和今天一樣的月光？讓月光照乾我倆兩地相思的淚痕！

妻子擔心丈夫的安危，不免黯然淚下。詩人想到妻子憂心不寐，自己也忍不住傷心落淚。這是補足前面未曾説出的憂思之淚。兩地"獨看"，淚痕裹浸透着天下亂離的悲哀。“虛幌”，薄而透明的帷帳。“雙照”，指月光照着詩人和妻子，與“獨看”對應，表示對未來團聚的期望。詩以結尾爲難，既要收得住，又要宕開去，給人以遐思。此詩結句可謂深得其中三昧。

評解

這首詩以《月夜》爲題，抒寫夫妻懷念的至情，反映了亂離時代的相思之苦。全詩語淺情深，曲折含蓄，章法緊密，而不失流暢清麗，絲毫不見爲律詩束縛的痕迹。五律至此，無愧詩聖矣！

相思的情感是抽象的，因而多緣景物而發，或睹物思人，或觸景生情。望月懷人，自古皆然，但以此法寫相思，用多了往往有失僵滯。一代詩聖，落筆見奇，因情造象，不寫自己望月懷妻，而將相思之情幻化爲生動具體的生活圖景，設想妻子望月懷念自己，又以兒女未解母親憶長安之意，襯出妻子的孤獨凄然，進而盼望聚首相倚，雙照團圓。這類景象，都是詩人意中之景。其寫法之妙，正如清代浦起龍《讀杜心解》所説：“心已神馳到彼，詩從對面飛來。悲婉微至，精麗絶倫。又妙在無一字不從月色照出也。”

春望

國破山河在，城春草木深。
感時花濺淚，恨別鳥驚心。
烽火連三月，家書抵萬金。
白頭搔更短，渾欲不勝簪。

題解

這是一首五言律詩，作於至德二載（757）。詩人當時爲安史叛軍所俘，身陷長安。

杜甫眼見山河依舊而國破家亡，春回大地却滿城荒凉，在此身歷逆境、思家情切之際，不禁觸景生情，發出深重的憂傷和感慨。

春望 詩意圖　陳惠冠 繪

【句解】

國破山河在，城春草木深

長安淪陷，國家破碎，衹有山河依然存在；春天來了，長安城空人稀，草木茂密深沉。首聯從大處着眼，爲悲壯之筆。一個“破”字，使人怵目驚心，一個“深”字，令人滿目淒然。自然規律不會因時勢的變化而改易，眼前人事和永恒時空的對比，使詩人更强烈地感覺着内心的荒凉寂寞，以至於所見衹剩下山河草木，一片空廓。司馬光《温公續詩話》説：“‘山河在’，明無餘物矣；‘草木深’，明無人矣。”此聯明爲寫景，實爲抒情，寄情於物，托感於景。明代胡震亨《唐音統籤》稱讚這一聯：“對偶未嘗不精，而縱横變幻，盡越陳規，濃淡淺深，動奪天巧，百代而下，當無復繼。”

感時花濺淚，恨别鳥驚心

感傷國事，面對繁花，不禁涕淚四濺，親人離散，鳥鳴驚心，反覺增加離恨。頷聯從小處落筆，情因景生，景隨情移，其含義有兩種解説：一説這是對比寫法，詩人爲國家殘破和親人離别而傷愁，所以看見繁花爛漫，反而痛苦流淚，聽到鳥鳴也感到心驚。另一説是以花鳥擬人，因感時傷亂，花也流淚，鳥也驚心。二説皆可通，都是爲了表明詩人感時之深，恨别之切，其比喻之妙，實爲少見，司馬光《温公續詩話》評曰：“貴於意在言外，使人思而得之。”

烽火連三月，家書抵萬金

連綿的戰火已經延續了半年多，家訊難得，一信抵得上萬兩黄金。頸聯上句寫戰事長久，下句寫音訊隔絶。雖是説自己，但準確概括了戰亂之中親人盼望平安消息的共同心理，道出了人之常情，因而後來成爲表達人們在亂離中盼望家信的常用語。郁達夫《奉贈》詩之五：“一紙家書抵萬金，少陵此語感人深。”“連三月”，從天寶十四載（755）十一月安史亂起到《春望》寫作時，正好過了兩個三月，所以説是“連三月”。

白頭搔更短，渾欲不勝簪

愁緒纏繞，搔頭思考，白髮越搔越短，頭髮脱落，既短又少，簡直不能插簪。前一聯寫了憂國憂家之愁，這一聯寫愁之深切，情境悲苦。“白頭”因愁而生。“搔”，即抓撓，表示心緒煩亂。“更短”，言愁的程度越來越深。在國破家亡，離亂傷痛之外，又嘆息衰老，更增添一層悲愁。明末王嗣奭《杜臆》説：“落句方思濟世，而自傷其老。”“渾欲”，簡直要。“簪”，古人用來綰定髮髻或冠的長針，後來專指婦女綰髻的首飾。

評解

這是一首意蘊沉深的抒寫家國之恨的名作。其意脉貫通而不平直，情景兼備而不游離，感情强烈而不淺露，内容豐富而不蕪雜，格律嚴謹而不板滯。全詩不過四十字，但讀來耐人尋味。

詩的前兩聯寫春城敗象，飽含感嘆，後兩聯寫心念親人境况，充溢離情。前兩聯以“望”字統攝，詩人俯瞻仰視，視綫由近而遠，又由遠而近；視野從城到山河，再由滿城到花鳥。感情則由隱而顯，由弱而强，步步推進。在景與情的變化中，彷彿可見詩人由翹首望景，逐步地轉入低頭沉思，並自然地過渡到後半部分——思念親人。

其中的頸聯，因爲道出了當時和後人在同類境遇中的共同感受，遂成爲千古傳誦的名句。

哀江頭

少陵野老吞聲哭，春日潛行曲江曲。
江頭宫殿鎖千門，細柳新蒲爲誰緑？
憶昔霓旌下南苑，苑中萬物生顔色。
昭陽殿裏第一人，同輦隨君侍君側。
輦前才人帶弓箭，白馬嚼嚙黄金勒。
翻身向天仰射雲，一箭正墜雙飛翼。
明眸皓齒今何在？血污游 魂歸不得。
清渭東流劍閣深，去住彼此無消息。
人生有情淚沾臆，江水江花豈終極？
黄昏胡騎塵滿城，欲往城南忘南北。

題解

這首七言樂府詩是至德二載(757)春天，杜甫陷於叛軍占領的長安時所作。當時杜甫還可以在城中行走，於是來到昔日繁華的曲江池邊，撫今追昔，觸物傷懷。借唐玄宗和楊貴妃生離死别、命運的劇變，感嘆李唐王朝的盛衰巨變，充滿了國破家亡的巨大悲痛。

哀江頭 詩意圖　程錫瀛 繪

【句解】

少陵野老吞聲哭，春日潛行曲江曲

少陵老人忍氣吞聲地抽泣不停，春日裏偷偷地到曲江深處漫行。開篇兩句交代人物、時間、地點，呈現出一種蕭條的氣氛。“少陵”，在今陝西省長安縣，杜陵（漢宣帝的葬所）東南十餘里，是漢宣帝許皇后的葬地。因規模比宣帝的杜陵小，故名。杜甫祖籍杜陵，他自己也在這一帶住過，所以常自稱“杜陵布衣”、“杜陵野老”、“少陵野老”。“曲江曲”，曲江邊冷僻的角落。曲江原是長安有名的游覽勝地，但如今長安已淪陷，往日的繁華夢一樣過去了。詩人衹能在冷僻無人的角落裏偷偷而行，想哭又不敢大放悲聲，這是何等的不幸！雖是短短兩句，却含蘊無窮，詩人憂思惶恐、壓抑沉痛的情狀如在眼前。

江頭宫殿鎖千門，細柳新蒲爲誰緑

曲江邊的宫殿千門緊鎖，岸上是依依裊裊的柳絲，水中是抽芽返青的新蒲，他們都爲誰而緑？

這兩句寫詩人曲江所見，蘊含着今昔對比的感觸。“江頭宫殿”，明末王嗣奭《杜臆》云：“曲江，帝妃游幸之所，故有宫殿。”後來毁壞了。“千門”，極言宫殿之多，説明昔日的繁華。而着一“鎖”字，便把昔日的繁華與今日的蕭條冷落並擺在一起。“細柳新蒲”，景物是很美的。“爲誰緑”三字陡然一轉，以樂景反襯哀慟，一是説江山换了主人，二是説没有游人，可謂無限傷心，無限凄凉。

憶昔霓旌下南苑，苑中萬物生顔色

想當年皇帝的旌旗儀仗浩浩蕩蕩，來到芙蓉苑。苑中真是風光無限，萬物生輝。

以下回憶安史之亂以前春到曲江的繁華景象。這兩句先總寫。“霓旌”，皇帝儀仗中一種旌旗，綴有五色羽毛，望之如虹霓。“南苑”，即芙蓉苑，在曲江東南，故名。

昭陽殿裏第一人，同輦隨君侍君側。輦前才人帶弓箭，白馬嚼嚙黄金勒。翻身向天仰射雲，一箭正墜雙飛翼

昭陽殿裏最受寵愛的人，與皇上同車出入陪伴在皇帝左右。御車前矯捷的女官，人人背帶弓箭，白馬嘴裏銜嚼全部是黄金做成。有個女官翻身向天上

仰射一箭，一箭就射中了一對比翼齊飛的鳥。

這六句具體描寫唐明皇與楊貴妃游苑的情景。在這赫赫排場中，詩人祇選取了輦前才人射獵一事作細節描繪，原是比翼雙飛的鳥如今由天墜地，這種意象的暗示性，不難令人想到玄宗、貴妃後來的命運。“昭陽殿”，漢成帝時宮殿，據説是漢成帝皇后趙飛燕姊妹所居，這裏指玄宗後宮。唐人詩中多以趙飛燕喻楊貴妃。“第一人”，指最受寵愛的楊貴妃。“才人”，宮中女官名。“勒”，馬銜的嚼口。

明眸皓齒今何在？血污游魂歸不得

眼睛明亮、牙齒潔白、美貌異常的楊貴妃而今在何處？可憐她成了滿臉污血的游魂，祇有在曠野荒草間飄蕩，欲歸不得了。詩人筆鋒一轉，運用鮮明而又巧妙的對照，感嘆唐玄宗和楊貴妃的悲劇，指出他們佚樂無度與大禍臨頭的因果關係。“血污游魂”，指楊貴妃被縊死。《舊唐書・楊貴妃傳》載，天寶十五載六月，潼關失守，叛軍逼近長安，唐玄宗携楊貴妃等人西逃，至馬嵬驛，護駕的禁軍大將陳玄禮密啓太子，誅殺楊國忠父子，但是四軍仍然不散，唐玄宗遣高力士宣問，衆人回答説:“賊本尚在”，意思是楊貴妃也得殺。高力士復奏，唐玄宗不得已，祇得與楊貴妃訣别，於是將楊貴妃縊死於佛堂，時年三十八。

清渭東流劍閣深，去住彼此無消息

清清渭水不停地向東流去，而入蜀道中的劍閣是那麽深邃；貴妃和玄宗一去一留，生者死者彼此永無消息。和前面寫二人游春相比，這裏又是陡然一落。馬嵬南濱渭水，是楊貴妃死處；劍閣在今四川劍閣縣東北大劍山、小劍山之間，是玄宗入蜀所經。這裏是説二人生死殊途。“去住”，意即一死一生。

人生有情淚沾臆，江水江花豈終極

人生有情，想到世事變化，有誰不淚落沾襟？江水流呵江花飄，年年依舊，豈有終境？詩人看到曲江一帶，由於安史之亂，景物凄慘荒凉，大非昔比，因而憂時憤世，感嘆江河日下，國勢難復。大自然是無情的，它不隨人世的變化而變化，花自開謝水自流，永無盡期。這是以無情反襯有情，更見情深。“臆”，胸膛。“終極”，窮盡。

黄昏胡騎塵滿城，欲往城南忘南北

黄昏時，胡騎往來踐踏，塵埃滿天，想往南逃却往北，方向無法辨清！前一句寫叛軍横行，人心惶恐，使開頭的“吞聲哭”、“潛行”有了着落。末句“忘南北”又作“望城北”。一層是表面上的：慌亂之中，詩人心意迷茫，認錯了方向，想去城南，誰知却向城北走去，心煩意亂竟到了不辨南北的程度；還有一層意思，是詩人於無望之中對官軍懷着渺茫的希望，他家住城南，然心裏盼的、眼裏望的却是肅宗的靈武之師。一對矛盾，也寫盡了他目前這種被困長安，不得自由的無可奈何的境地，和對國君朝廷的刻骨思念。胡騎，指安禄山軍（多胡人）。

評解

全詩以“哀”字爲題，也以“哀”字爲核心，籠罩全篇。篇首第一句就創造出强烈的哀氛，接着，寫春日潛行曲江是哀；睹物傷懷，憶昔日此地的繁華，而今却蕭條零落，還是哀；進而追憶貴妃生前游幸曲江的盛事，更是以昔日之樂，反襯今日之哀；再轉入叙述貴妃歸天，玄宗逃蜀，生離死別的悲慘情景，哀之極矣。最後，不辨南北，也暗示着那是極度哀傷的表現。全詩的這種“哀”情，是複雜的，深沉的。全詩是對國破家亡的深切巨慟，是李唐從盛世走向衰微的輓歌。

詩的結構跌宕波折，正如宋人魏慶之《詩人玉屑》中所說：“其詞氣如百金戰馬，注坡蓦澗，如履平地，得詩人之遺法。”視角由眼前到回憶，由回憶到現實的不斷轉换，給人造成一種紆曲有緻，波瀾起伏的感覺，讀之令人感到凄切哀惘，肝腸寸斷。

曲江二首（其一）

一片花飛減却春，
風飄萬點正愁人。
且看欲盡花經眼，
莫厭傷多酒入唇。
江上小堂巢翡翠，
苑邊高塚卧麒麟。
細推物理須行樂，
何用浮名絆此身！

題解

這首詩作於乾元元年（758）暮春。當時，唐軍已經收復長安，唐肅宗與朝中文武也已回到京城，安史之亂正在漸漸平息，但這場浩劫給曲江帶來的傷害仍然歷歷在目。杜甫回到長安，仍任左拾遺。可是正值宦官李輔國擅權，杜甫雖爲諫官，却被視爲異己，受到排斥，因而心情極爲煩悶，於是便借此詩傷

曲江二首（其一） 詩意圖　甘雨辰 繪

春感時，慨嘆春光易逝，人事無常，不必爲榮辱窮達所纍。

杜詩寫曲江和提到曲江的有十五首之多。如果説杜甫在安史之亂前寫作的曲江詩，是爲自身和國家未來的命運而擔憂的話，那麼亂後的作品則更多的是在爲逝去的青春年華而嘆息，爲一個王朝的衰落而哭泣。《曲江二首》就是其中的代表。

曲江，又名曲江池，故址在今陝西西安城南五六公里處的曲江村。早在秦漢時，這裏即是上林苑中的宜春苑、宜春宮，因有曲折多姿的水域，故名曲江。唐玄宗開元年間大加整修，池水澂明，花卉環列，宮苑點綴，成爲旖旎迷人的半封閉園林，上自帝王，下至士庶，紛紛到這裏游樂休憩。然而，安史之亂後，唐王朝元氣大傷，曲江景觀也損毀嚴重。

通過曲江的蕭條，杜甫自然會想起唐王朝的滄桑變化；通過對曲江往日秀美風景的回憶，他也會聯想到唐王朝昔日的輝煌繁華，同時也引發對自己人生際遇的思考。因此，曲江這個意象，實際上融入了詩人對國家興衰的感慨，凝結了詩人對自身命運的反思，由外在的自然景觀，變成了內在的心靈需求，成爲了一個既會勾起無盡愁緒又能給予暫時慰藉的地理符號。

【句解】

一片花飛減却春，風飄萬點正愁人

在詩人眼裏，春光似乎是萬點花片組成，所以每落下一片花瓣，都要減掉　層春色。如今，落花紛紛，萬點飄零，更使人煩惱愁悶。通過花的減少，詩人似乎將不可計數的春光實物化了。開篇語奇而意遠，好像很突兀，但是因爲通篇的主旨就是惜春，所以起處正應如此。歷盡漫長的嚴冬，好容易盼到春暖花開，自是十分珍惜。然而“一片花飛”，已透露了春天消逝的消息；而“風飄萬點”，正是殘春景象，詩人如何不滿腹怨愁！

且看欲盡花經眼，莫厭傷多酒入唇

眼看着花兒在一片一片飄落，枝上的殘花即將告盡。春天即將過去，心情怎能好。於是，以酒澆愁，也不嫌酒多傷身，仍要情不自禁地繼續喝。頷聯句法，新奇絶妙，詩意在每一句的前五字其實已道出，而耐人尋味的亮點，却恰恰在貌似無意的末二字。前二聯之中，三次寫到花，而意不重複。第一句寫初飛，第二句寫亂飛，第三句寫飛將盡。一片花飛，春殘之始；風飄萬點，春殘欲盡。自初飛，以至欲盡，無不經眼，面對這個過程，詩人的愁緒也逐步升級，故借酒以銷愁。“經眼”，眼看着。“傷多酒”，過量飲酒有傷身體。

江上小堂巢翡翠，苑邊高塚卧麒麟

曲江上原來住人的小堂，如今翡翠鳥竟在裏邊築了巢，旁若無人地生活其間。遠處苑邊高大雄偉的陵墓前，石雕麒麟墓飾倒卧在地上，無人理睬。頸聯以景物寫人事，寄寓感慨之意。經過安史之亂，曲江昔日的盛況，一去難返，而呈現出荒凉、寂寞的景象。“小堂巢翡翠”，言其經過離亂，寂寞無主。“高塚卧麒麟”，可見人生之短暫、死亡之冷酷。

細推物理須行樂，何用浮名絆此身

我仔細推敲宇宙萬物的道理，應當及時行樂，何必讓那虛浮的聲名絆住此身，不得自由呢？觸景傷情，自然引發出詩人無限的感慨。萬物興廢本是自然之理，帝王宫苑也不免變成高塚荒墳，又哪來永久的功名富貴？既如此，又何必爲浮名所束，還是享受人生的快樂吧！“物理”，宇宙萬物的道理。

評解

在唐代文人眼裏，曲江具有獨特的文化意藴，它是人們心中强盛帝國應有的形象。而今，經歷戰亂的昔日勝地，變成了“風飄萬點”的愁人之景。江上堂空無主，苑邊塚廢不修。此時的曲江，哪裏還有一點昔日的迷人風韻！面對此情此景，詩人自然感慨萬千。

這首七言律詩前兩聯寫曲江景事，後兩聯寫曲江感懷，起承轉合十分自然。明代陸時雍《唐詩鏡》説：“律法嚴整，老杜却顛倒縱横，復體格森然，更得自在，所以爲難。首四語情法俱勝，既怕看花飛，又欲看飛花之盡，傷春惜春，流連無已。嘗見志士悲秋，子美却傷春，千古有心人，每自耿耿。”

佳人

絶代有佳人，幽居在空谷。
自云良家子，零落依草木。
關中昔喪敗，兄弟遭殺戮。
官高何足論？不得收骨肉。
世情惡衰歇，萬事隨轉燭。
夫婿輕薄兒，新人美如玉。
合昏尚知時，鴛鴦不獨宿。
但見新人笑,那聞舊人哭?
在山泉水清，出山泉水濁。
侍婢賣珠回，牽蘿補茅屋。
摘花不插髮，采柏動盈掬。
天寒翠袖薄，日暮倚修竹。

佳人 詩意圖 陳謀 繪

題解

肅宗乾元元年(758)六月，杜甫由左拾遺降爲華州司功參軍。第二年七月，他毅然棄官，拖家帶口，客居秦州，在那裏負薪采橡栗，自給度日。《佳人》就寫於這一年的秋季。詩中寫一個亂世佳人被丈夫遺棄，幽居空谷，艱難度日。關於這首詩的作意，一向有爭論。有人認爲全是寄托，有人則認爲是寫實，但大部分人的意見折衷於二者之間。

杜甫身逢安史之亂，身陷賊手而不忘君國；對大唐朝廷，竭盡忠誠，竟落得降職棄官，漂泊流離。但他在關山難越、生計困窘的情況下，也始終不忘國憂。這樣的不平遭際，這樣的精神氣節，可嘉可嘆，與這首詩的女主人公很有些相像。所以，作者借他人之酒以澆胸中塊壘，在她的身上寄寓了自己的身世之感。杜甫的《佳人》應該看作是一篇客觀反映與主觀寄托相結合的詩作。

【句解】

絶代有佳人，幽居在空谷。自云良家子，零落依草木

有一位蓋世無雙的絶代佳人，幽居在空寂的山谷。她說自己本是世宦人家的女兒，如今却淪落山野，與草木相依。開頭兩句點題。上句言其貌之美，下句言其品之高。又以幽居的環境，襯出佳人的孤寂，點出佳人命運之悲，處境之苦，隱含着詩人"同是天涯淪落人"的慨嘆。"絶代"，冠絶當代。

關中昔喪敗，兄弟遭殺戮。官高何足論？不得收骨肉

以上是第三人稱的描狀，筆調含蓄蘊藉；以下轉爲第一人稱的傾訴，語氣率直酣暢。當年安史之亂，長安淪陷，兄弟們慘遭殺戮。官位高又有什麽用呢？他們死後連尸骨都不得收斂。"關中"，指函谷關以西地區，這裏指長安。天寶十五載(756)六月，安史叛軍攻陷長安。"官高"應上文之"良家子"，强調絶代佳人出自貴人之家。

世情惡衰歇，萬事隨轉燭。夫婿輕薄兒，新人美如玉

世態人情總是厭惡衰落，萬事都如風中的燭火飄忽不定。娘家中落之後，輕薄的夫婿也看不起我了，新娶了一個美貌如玉的婦人。這四句托物興感，刻畫世態炎凉，人情冷暖。宋代的劉辰翁評論說："閑言餘語，無不可感。""轉

燭”，以風中的燭光，飄摇不定，比喻世事轉變、光景流逝的迅速。

合昏尚知時，鴛鴦不獨宿。但見新人笑，那聞舊人哭

夜合花還知道朝開夜合，鴛鴦也都是同飛共宿。那負心的人，他祗看得見新人的高興歡笑，哪聽得見舊人的悲痛啼哭？詩人以形象的比喻，寫負心人的無義絶情，被抛棄的人傷心痛苦。在傾訴個人不幸、慨嘆世情冷漠的言辭中，充溢着悲憤不平。一“新”一“舊”、一“笑”一“哭”，强烈對照，被遺棄女子聲淚俱下的痛苦之狀，如在目前。“合昏”，即合歡，一名夜合，其花朝開夜合，故云“知時”。“鴛鴦”，鳥名，多雌雄成對，生活在水邊。

在山泉水清，出山泉水濁。侍婢賣珠回，牽蘿補茅屋

泉水在山間時是清的，出山以後就渾濁了。唉，世人該如何看待被遺棄的我？爲買口糧，丫環替我變賣了首飾回來了，草棚漏雨，我和她一起牽引藤蘿，修補茅屋。這幾句似悲似訴，自言自誓，有矜持慷慨、修潔端麗之意。同時，可見佳人居家環境的簡陋清幽，生活的清貧困窘。浦起龍評論説：“這二句，可謂貞士之心，化人之舌，建安而下無此語也。”它出自《詩經・小雅・谷風之什・四月》：“相彼泉水，載清載濁。”但在本詩中，有多種解釋，都有一定的道理。或以新人舊人爲清濁，或以前華後憔爲清濁，或以在家棄外爲清濁，或以守貞爲清、改節爲濁。還有人認爲：佳人以泉水自喻，以山喻夫婿之家，意思是婦人爲夫所愛，世人便認爲她是清的；爲夫所棄，世人便認爲她是濁的。另一種解釋是佳人怨其夫之辭。人之同處空谷幽寂之地，就像泉水之在山，無所撓其清。佳人之夫出山，乃隨物流蕩，遂爲山下之濁泉。而她則寧肯受飢寒，也不願再嫁，成爲那濁泉。這就像晋孫綽《三日蘭亭詩序》所説的那樣：“古人以水喻性，有旨哉斯談！非以停之則清，混之則濁邪？情因所習而遷移，物觸所遇而興感。”

摘花不插髮，采柏動盈掬。天寒翠袖薄，日暮倚修竹

我信手摘了一枝花，却没心思插上鬢髮；祗是常常把那柏枝揀個滿把。天冷了，太陽落了，祗見佳人穿着單薄的翠衫，静静地倚着那修長的竹樹子。

末兩句以寫景作結，畫出佳人的孤高和絶世而立，畫外有意，象外有情。在體態美中，透露着意態美。這種美，不祗是一種女性美，也是古代士大夫追求的一種理想美。詩句暗示讀者，這位時乖命蹇的女子，就像那經寒不凋的翠柏、挺拔勁節的緑竹，有着高潔的情操。詩的最後兩句，爲後人激賞，妙在對美人

容貌不着一字形容，僅憑“翠袖”“修竹”這一對色澤清新而寓有興寄的意象，與天寒日暮的山中環境相融合，便傳神地畫出佳人不勝清寒、孤寂無依的幽姿高緻。“動”，每每。“掬”，把，兩手捧取。

評解

以棄婦爲題材的古典詩文不乏佳作。如《詩經・衛風》中的《氓》、漢樂府裏的《上山采蘼蕪》等，而司馬相如的《長門賦》寫被廢棄的陳皇后，其中“夫何一佳人兮，步逍遥以自娱”兩句，正是杜甫這首《佳人》詩題的來源。

杜甫很少寫專詠美人的詩歌，《佳人》却以其格調之高而成爲詠美人的名篇。山中清泉見其品質之清，侍婢賣珠見其生計之貧，牽蘿補屋見其隱居之志，摘花不戴見其樸素無華，采柏盈掬見其情操貞潔，日暮倚竹見其清高寂寞。詩人以純客觀叙述方法，兼采夾叙夾議和形象比喻等手法，描述了一個在戰亂時期被遺棄的上層社會婦女所遭的不幸，並在逆境中揭示她的高尚情操，從而使這個人物形象更加豐滿。

石壕吏

暮投石壕村，有吏夜捉人。
老翁逾墻走，老婦出門看。
吏呼一何怒，婦啼一何苦。
聽婦前緻詞，三男鄴城戍。
一男附書至，二男新戰死。
存者且偷生，死者長已矣。
室中更無人，惟有乳下孫。
有孫母未去，出入無完裙。
老嫗力雖衰，請從吏夜歸。
急應河陽役，猶得備晨炊。
夜久語聲絶，如聞泣幽咽。
天明登前途，獨與老翁别。

石壕吏 詩意圖　朱理存 繪

題解

這是杜甫著名的新題樂府組詩“三吏”之一。唐肅宗乾元二年（759）春，已經四十八歲的杜甫，由左拾遺貶爲華州司功參軍。他離開洛陽，歷經新安、潼關、石壕，夜宿曉行，風塵僕僕，趕往華州任所，所經之處，哀鴻遍野，民不聊生，這引起詩人感情上的强烈震動。

當時唐王朝集中郭子儀等九節度使步騎二十萬，號稱六十萬，將安慶緒圍在鄴城。由於戰争吃緊，唐王朝爲補充兵力，到處徵兵。這時，杜甫正由新安縣繼續西行，投宿石壕村，遇到吏卒深夜捉人，於是就其所見所聞，寫成這篇不朽的詩作。詩中刻畫了官吏的横暴，反映了安史之亂給人民帶來的深重災難和自己痛苦的心情。

【句解】

暮投石壕村，有吏夜捉人。老翁逾墻走，老婦出門看

傍晚時分我投宿於石壕村，夜裏聽到差吏前來抓人。老翁聞聲翻墻逃走，老婦慢移脚步去應門。詩開篇兩句起勢不凡，清代浦起龍在《讀杜心解》中説有“猛虎攫人之勢”。一個“暮”字，猶如潑墨，給全詩抹上了一層昏暗的色彩。然後單刀直入地將事件的時間、地點、人物、起因等相關因素交代清楚，勾勒出兵荒馬亂的社會環境。一個“夜”字，含意豐富，表明人民長期以來深受抓丁之苦，晝夜不安；即使到了深夜，仍然寢不安席，一聽到門外有響動，就知道差吏又來抓人，老翁立刻翻墻逃走，由老婦開門周旋。唐代的法律規定：“男女始生爲黄，四歲爲小，十六爲中，二十一爲丁，六十爲老。”（《舊唐書食貨志》）老翁早已超過服兵役的年齡，但仍然要被“抓丁”，由此可見世道的混亂及横徵暴斂的禍害。“石壕”，在河南陝州城東。

吏呼一何怒，婦啼一何苦。聽婦前致詞，三男鄴城戍

差吏狂呼暴跳多麽凶横，老婦哭哭啼啼多麽凄苦。祗聽老婦上前對差吏説道：我的三個兒子都已當兵去打鄴城了。一“呼”，一“啼”，一“怒”，一“苦”，把矛盾的尖鋭性揭示出來，表現了差吏如狼似虎的猙獰，以及老婦悲苦痛哭的凄慘。“一何”重複運用，把詩人的愛憎感情寓於叙事之中。明代陸時雍《唐詩鏡》

說："其事何長，其言何簡。'吏呼一何怒，婦啼一何苦' 二語，便當數十言寫矣。文章家所云要會以去形而得情，去情而得神故也。"

"鄴城"，今河南安陽市。"戍"，非"守衛"意，因當時叛軍守衛鄴城。"緻詞"以下十三句，並非老婦一連説出。依韻脚變化分爲三層，每一層訴説，都針對着差吏的一次逼問。作者使用以答代問、夾帶問答來叙事的手法，略去了至少三次的差吏的問話。

一男附書至，二男新戰死。存者且偷生，死者長已矣

一個兒子托人捎來信，另外兩個兒子最近陣亡了。活着的這個不過是苟且偷生，死了的也就永遠地長眠了。這兩句是老婦的血淚之訴，反映了民不聊生的真實情况。

室中更無人，惟有乳下孫。有孫母未去，出入無完裙

家裏再無可去當兵的人時，衹有個吃奶的小孫孫。因爲要奶孩子，她的母親還在家。可憐她衣服破破爛爛，怎麽見人呀！"更無人"與母、孫的存在，在邏輯上發生矛盾。許多註家已注意到這一點，因此在解釋時想法補救疏通。或謂"更無人"是指家裏再没有一個男人了，有人説是老婦掩飾之詞被戳穿，但最好釋爲再無可去當兵的人。這幾句略去了一些細節，當差吏逼問老婦時，躲在屋内的嬰兒受驚嚇哭起來了。差吏抓住把柄，進一步逼迫交出人來，於是有此後面兩句。

老嫗力雖衰，請從吏夜歸。急應河陽役，猶得備晨炊

雖然老婦我年老無力，也讓我連夜跟了你們去，趕快到河陽去服役，也許還能爲部隊置備早飯。三個兒子都被徵兵，兩個已戰死，這樣的不幸足已令人悲憤不平，却還是不能博得差吏的同情。老婦生怕兒媳被抓，餓死孫子，衹好挺身而出。捉人拉夫竟拉到了一位抱孫的老太太，時世可想而知。"河陽"，今河南孟縣西，時郭子儀守河陽。

夜久語聲絶，如聞泣幽咽。天明登前途，獨與老翁别

夜深人静，語聲斷絶，依稀聽到低聲哽咽。天亮後我要趕前面的路，衹與老翁一人告别。老婦被抓走的結局不言自明。從這裏可以看出，杜甫非常善於捕捉富於表現力的細節。一個"久"字，不僅説出這件事折騰了很久，也表露出詩人的心情久久不能平静。一個"如"字，化實爲虚，這是老婦家人悲傷泣下，也是詩人心酸、悲哀、無奈、同情、激憤的反映。一個"獨"字，既呼

應前文，交代了“吏捉人”的結果，又表明了老翁的凄慘處境。

評解

清代仇兆鰲在《杜詩詳註》中說：“古者有兄弟，始遣一人從軍，今驅盡壯丁，及於老弱。詩云三男戍，二男死，孫方乳，媳無裙，翁逾墻，婦夜往。一家之中，父子兄弟、祖孫姑媳，慘酷至此，民不聊生極矣！當時唐祚亦岌岌乎哉！”

這首五言古詩篇幅不長，一共二十四句，一百二十字，而內容十分豐富。它以“耳聞”爲綫索，按時間的順序，由暮至夜，再到夜久，最後到天明，一步步深入；從投宿敘起，以告别結束；從差吏夜間捉人，到老婦隨往；從老翁逾墻逃走，到事後潛歸；從詩人日暮投宿，到天明登程告别，整個故事有開始、發展、高潮、結局，情節完整，並頗爲緊張。詩的首尾是敘事，中間用對話，活動着的人物有五六個之多。詩人巧妙地借老婦的口，訴説了她一家的悲慘遭遇。詩人的敘述、老婦的説白，處處呼應，環環緊扣，層次十分清楚。

詩人虛實交映，藏問於答，不寫差吏的追問，而衹寫老婦的哭訴。從哭訴中寫出潛臺詞、畫外音，將差吏的形象融入老婦的“前致詞”中，有一種言有盡而意無窮的境界。詩人寫老婦的哭訴，語言樸實無華，一個典故也不用，很切合老婦的口吻，且隨着內容的多次轉韻，形成憂憤深廣、波瀾老成、一唱三嘆、高低抑揚的韻致，使沉鬱頓挫達到極致。

全詩述情陳事，除“吏呼一何怒”二句微微透露了他的愛憎之外，都是對客觀事物的描述。在這裏，詩人通過新穎而巧妙的藝術構思，將豐富的內容和自己的感情融化在具體的形象裏，澆注於客觀的敘述中，讓事物本身直接感染讀者，讓故事本身去顯露詩人的愛憎。這種以實寫虛，以虛補實，虛實相映的藝術手法，使全詩顯得簡潔洗練，而又蘊涵豐富。

新婚别

兔絲附蓬麻，引蔓故不長。
嫁女與徵夫，不如棄路旁。
結髮爲君妻，席不暖君床。
暮婚晨告别，無乃太匆忙？
君行雖不遠，守邊赴河陽。
妾身未分明，何以拜姑嫜？
父母養我時，日夜令我藏。
生女有所歸，鷄狗亦得將。
君今往死地，沉痛迫中腸。
誓欲隨君去，形勢反蒼黄。
勿爲新婚念，努力事戎行。
婦人在軍中，兵氣恐不揚。
自嗟貧家女，久緻羅襦裳。
羅襦不復施，對君洗紅妝。
仰視百鳥飛，大小必雙翔。
人事多錯迕，與君永相望。

新婚别 詩意圖 范曾 繪

題解

這是杜甫著名的新題樂府組詩“三別”之一，作於唐肅宗乾元二年（759）。詩中描寫了一對新婚夫妻的離別，塑造了一個深明大義的少婦形象。頭天結婚，第二天新郎就去當兵，這完全違背當時新婚者不服兵役的常理和習俗。一想到丈夫就要到九死一生的戰場上去，新娘悲痛得心如刀割。但她同樣認識到，丈夫的生死、愛情的存亡，與國家民族命運，是不可分割地連結在一起的，要實現幸福的愛情理想，必須作出犧牲。於是，她强抑悲怨痛楚，在離情別緒中，平静而深情地鼓勵丈夫，同時熾熱堅定地表達至死不渝的愛情誓言。這首詩寫出了當時人民面對戰爭的態度和複雜的心理，對正常人生和親情的留戀，以及他們爲國家承擔責任的勇氣。

【句解】

兔絲附蓬麻，引蔓故不長。嫁女與徵夫，不如棄路旁

兔絲附在又短又矮的蓬麻身上，它的蔓兒自然不會很長。把女兒嫁給出徵打仗的人，還不如把她扔在路旁！“兔絲”，一種蔓生植物，多纏附在别的植物上生長，古人用以比喻女子之依附男子。這裏是新娘用以自比。“蓬麻”，兩種低矮植物，用以比徵夫。

開篇以“兔絲附蓬麻”這一自然現象，比喻婚後女子依附丈夫的不可分割的關係，比中有興，貼切巧妙，恰到好處。不僅準確地把握了結婚僅一天的新嫁娘的特定身份、語氣口吻、感情色彩及心理動態，也符合詩歌進程的需要。比興意義並不局限於表示夫婦的依存關係，而是更形象深刻地表達了新娘對新郎那種依依不捨、纏綿悱惻的情意。這樣婉轉入筆，比開門見山效果更佳，而且從新婦的角度叙述，不宜直截了當。丈夫應徵入伍，吉凶難卜；自己依托無着，生活前景難料。一想到此，她又怎能不痛斷肝腸，無奈悲傷？

結髪爲君妻，席不暖君床。暮婚晨告别，無乃太匆忙

自從結髮作了你的妻子，到現在還没坐暖你的床。昨晚成婚，今晨你就告別，這豈不是過於匆忙？這裏語氣由重加急，以通俗而富有個性化的語言，描畫出一位愛怨交織、感情細膩的新嫁娘形象。“結髮”，古時婚禮，成婚之夕，

男左女右共髻束髮，因以指成婚。

君行雖不遠，守邊赴河陽。妾身未分明，何以拜姑嫜

你此行雖說不甚遥遠，但奔赴河陽也是去守衛邊防。我的身份尚未明確，叫我如何去拜見公公和婆婆？前兩句的弦外之音是，守邊守到了河陽，邊境竟在自己的家門口。昔日强大的唐帝國窮兵黷武去開邊，現在戰火都打到王朝統治的中心地帶，這是何等辛辣的諷刺！後兩句是感嘆嫁與徵夫爲妻的痛苦。新婚竟成生離死别，本是痛不欲生，但一想到自己還是剛過門的新娘子，所以態度不免矜持，語帶羞澀，備極吞吐，這是完全符合人物的特定身份和精神面貌的。“河陽”，今河南孟縣西。當時爲郭子儀的駐防地。“姑嫜”，即公公和婆婆，丈夫的父母。古代兒媳婦稱婆婆爲姑，稱公公爲章，“章”即“嫜”。古時禮制，女子出嫁三天，要告廟上墳，才算成婚，人妻的身份才確定。

父母養我時，日夜令我藏。生女有所歸，鷄狗亦得將

回想父母撫養我的時候，日夜都叫我深居閨房。女兒一旦嫁了出去，無論丈夫是鷄是狗也得把他跟上。這幾句娓娓道來，字字凄惋，所謂發乎情也；細細追憶，深深感人，終能止乎禮義。後兩句所采用的俗語，增加了詩的真實性和親切感。“藏”，意謂不輕易見人。“歸”，指女子出嫁。“將”，跟隨。“鷄狗亦得將”，就是俗語所説的“嫁鷄隨鷄，嫁狗隨狗”。

君今往死地，沉痛迫中腸。誓欲隨君去，形勢反蒼黄

你如今前往九死一生的戰場，怎不讓人痛斷心腸！我本來决心要隨你前去，又怕落個事與願違的下場。這一席話語，如泣如訴，慷慨悲凉，哀婉真摯，充分表現了這位新婚女子爲公忘私，識大體，送郎參軍，奔赴國難的愛國情操。元代劉塤《隱居通議》説，以下八句“沉鬱頓挫，哀而不傷，發乎情止乎禮義之言也。”“蒼黄”，本指青色和黄色。《墨子·所染》：“見染絲者而嘆曰：染於蒼則蒼，染於黄則黄。”後因以“蒼黄”比喻極大的變化或事與願違。

勿爲新婚念，努力事戎行。婦人在軍中，兵氣恐不揚

請你不要以新婚爲念，努力去當兵打仗。有女人在軍隊中，士氣怕要受到影響。前兩句是新婚妻子對丈夫的勸慰詞，一變哀怨沉痛的訴説爲積極的鼓勵，爲使丈夫一心一意英勇殺敵，她表示了自己深明大義、生死不渝的堅貞愛情。這是詩人通過新娘之口發出的愛國號召。後兩句是説，她怕觸犯軍隊的忌諱，不能跟隨前去。據《漢書·李陵傳》，李陵曾與單於作戰，説：“吾士氣少衰，

而鼓不起者，何也？軍中豈有女子乎？陵搜得，皆劍斬之。”

自嗟貧家女，久緻羅襦裳。羅襦不復施，對君洗紅妝

可嘆自己是貧家女兒，積攢許久才得到這身嫁衣裳。這漂亮的衣裳今後不能再穿，當着你的面洗掉紅妝。由勸夫轉爲自勸，由慰夫轉爲自誓，莊重沉鬱的語氣，也隨之轉爲婉曲纏綿，欲斷又續，語氣抑揚有緻。“襦”，短衣。年輕的姑娘，又是新娘，而且還是貧苦人家的女兒，哪能不想穿漂亮的衣裳，然而積攢許久、好不容易才製成的漂亮的衣裳，却偏偏穿不上身，豈不可悲可嘆？這可悲可嘆却無一語直言，全是通過寫實的叙述來體現，詩人真是揣摩入微，寫得深刻而又逼真。

仰視百鳥飛，大小必雙翔。人事多錯迕，與君永相望

仰望天空飛着的百鳥，無論大小都成雙飛翔。人間之事却多不如意，但願我們的情意能地久天長。篇終仍比興兼用，與開篇相照應。至此，將國事、家事、個人事縮成一個絲絲相扣的同心結。“永相望”三字，扣題目中的“别”字。“錯迕”，雜錯交迕，即不如意。

評解

《新婚别》的叙事抒情主人公是新娘，傾訴對象爲新郎。詩歌所述内容，主要是這對新婚夫婦暮婚晨别時的複雜情愫。清代浦起龍《讀杜心解》説：“此詩以比體起，比體結，語出新人口，情緒紛，而語言澀。”情感與心理的發展主綫上，衹有悲與壯的起伏，所以，詩人的語言運用注重清淳、自然、樸實、雅正，集中體現了儒家温柔敦厚、怨而不怒、哀而不傷的詩教要求。

這一首感人至深的千古佳作，最大的閃光點就是對新娘這一叙事抒情主人公的塑造。一方面，在新娘的身上傾注了作者浪漫主義的理想色彩；另一方面，在具體刻畫上，既鮮明地體現了現實主義的精雕細琢的特點，也運用了大膽的藝術虚構：實際上杜甫未必有這樣的生活經歷，也不可能聽到新娘子對新郎説的私房話，况且洞房之夜，即是生離死别之夜，如此巧合，本是現實生活中可能有而不一定有的事。但詩中的這一主人公形象，有血有肉有發展，人物的語言生動而逼真，絲毫不感到勉强和抽象。她通過曲折劇烈的痛苦的内心鬥爭，最後毅然勉勵丈夫從軍，表現戰爭環境中人物思想感情的發展變化，顯得非常自然，符合事件和人物性格發展的邏輯。

詩中一連用了七個“君”字：“君妻”、“君床”，見出聚之暫；“君行”、“君往”，見出别之速；“隨君”，見出情之切；“對君”，見出意之傷；“與君永相望”，見出志之貞且堅。如此頻頻呼君，出語沉痛，動人心魄，一聲一淚，充滿生死離别之感。

在押韻上，《新婚别》和《石壕吏》有所不同。《石壕吏》多次换韻，《新婚别》則一韻到底。這大概與它所采用的人物獨白的方式有關，一韻到底，一氣呵成，更有利於主人公的訴説，也更便於讀者的傾聽。

贈衛八處士

人生不相見，動如參與商。
今夕復何夕，共此燈燭光！
少壯能幾時？鬢髮各已蒼！
訪舊半爲鬼，驚呼熱中腸。
焉知二十載，重上君子堂。
昔別君未婚，兒女忽成行。
怡然敬父執，問我來何方。
問答乃未已，兒女羅酒漿。
夜雨剪春韭，新炊間黃粱。
主稱會面難，一舉累十觴；
十觴亦不醉，感子故意長。
明日隔山嶽，世事兩茫茫。

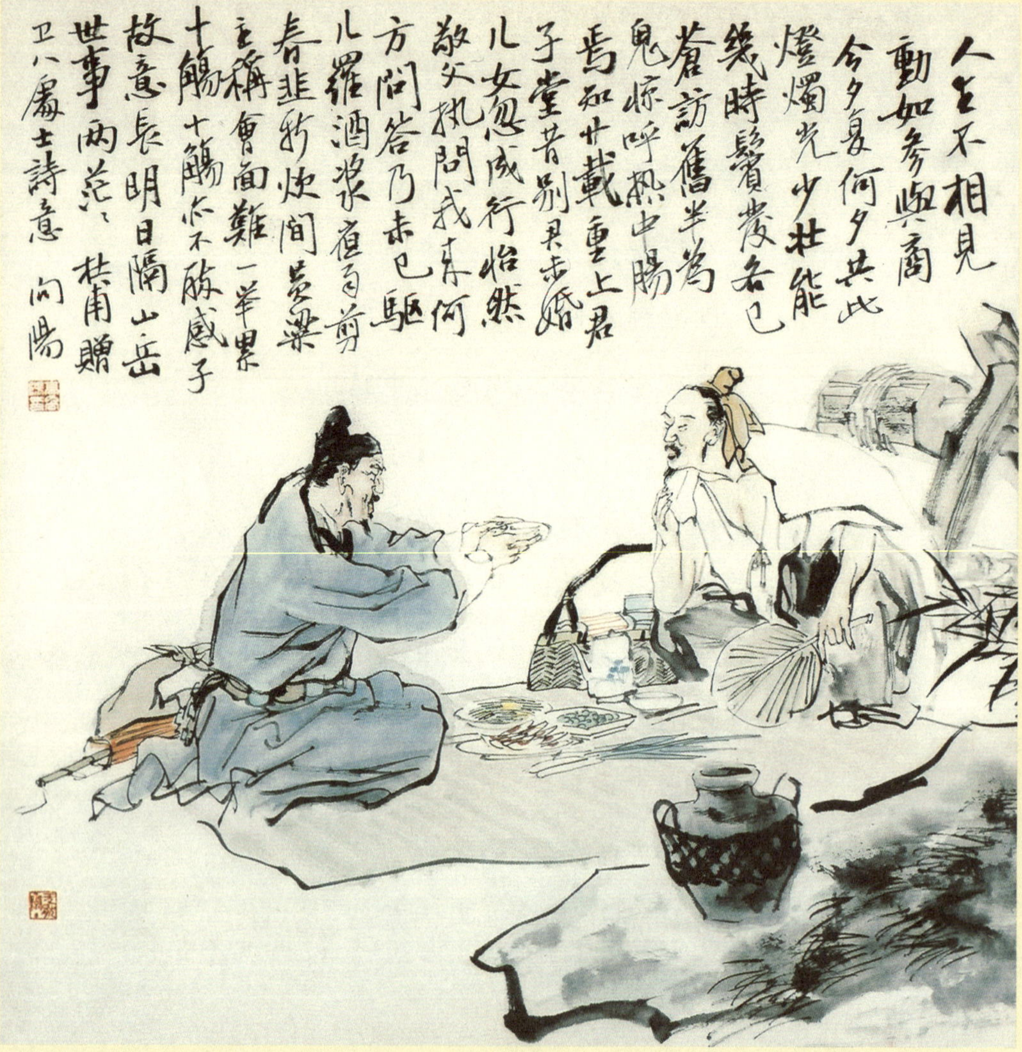

贈衛八處士 詩意圖　高向陽 繪

題解

唐肅宗乾元元年（758），杜甫因上疏救房琯，被貶爲華州司功參軍。冬天曾告假回東都洛陽探望舊居陸渾莊。乾元二年（759）三月，九節度之師潰於鄴城，杜甫自洛陽經潼關回華州，路過奉先縣，訪問了居住在鄉間的少年時代的友人衛八處士。一夕相會，又匆匆告別。不久，寫下這動情之作贈給衛八處士，抒發了人生離多聚少和世事滄桑的感嘆。

衛八處士，姓衛，八是他的排行；生平不詳。高適有《酬衛八雪中見寄》、《同衛八題陸少府書齋》，不知是否爲同一人。處士，隱居不仕的人或沒有做官的讀書人。

【句解】

人生不相見，動如參與商。今夕復何夕，共此燈燭光

人生聚散不定，難得相見，好比此起彼落的參商二星。今晚是什麼日子，如此幸運，竟然能與你挑燈共叙衷情？與多年未見面的故人歡聚，往往會生出許多人生的感觸，更何況是經過亂離的人們呢？詩人與衛八重逢時，正值安史之亂的第三年，兩京雖已收復，但叛軍仍很猖獗，局勢動蕩不安。開篇這兩句詩既抒發了强烈的人生感慨，同時也表現出那個動亂年代的實况。“動”，每每。參、商都是星座名，東西相對，距離約一百八十度，一星升起，另一星即西沉，一出一没，永不相見。“共此燈燭光”，一作“共宿此燈光”。

少壯能幾時？鬢髮各已蒼！訪舊半爲鬼，驚呼熱中腸

青春壯年能有幾時？不知不覺，你我都已經鬢髮蒼蒼。打聽故友，大半早已經入了鬼籍；聽到你爲此驚呼，胸中熱流迴蕩。久別重逢，最明顯的就是對方體態容顏的變化。寒暄、打量之後，再詳細詢問各自的情况，繼而打聽故人，回憶舊事。而當得知故人很多已不在世時，彼此的感慨自然又增添了很多，回過頭來，怎能不爲這劫後重逢倍感欣慰。這四句寫戰亂年代人們所共有的“別易會難”的感受，揭示出經過一場大的亂離後的社會現實。

焉知二十載，重上君子堂。昔別君未婚，兒女忽成行

真沒想到闊別二十年之後，能有機會再次登門拜訪。當年握別時你還沒有成親，今日見到你時，兒女已經成行。故友重逢，漫話今昔，儘管世事變化很大，但是記憶還停留二十年前，那時的故人還未成婚，如今却兒女滿堂。詩人不勝感慨，真是歲月匆匆，年華老大，世事如夢。這也是常人遇此情景都有的人生感觸。“成行”，形容子女衆多。

怡然敬父執，問我來何方。問答乃未已，兒女羅酒漿

他們和順地敬重父親摯友，熱情地問我來自哪個地方？三兩句問答話還沒有説完，兒女們已經擺出了酒漿。此段用意取自陶潛《桃花源詩序》："黃髮垂髫，並怡然自樂，見漁人乃大驚，問所從來，具答之，便邀還家，設酒殺鷄作食。"《漫齋詩話》評價説，如果別的詩人説到"問我來何方"，下面一定會還有數句的鋪陳；而老杜這裏接着就説“問答未及已，驅兒羅酒漿”，真有以一捧之土障黃河之流的氣象。“怡然”，安適自在，喜悦的樣子。“父執”，父親的朋友。“酒漿”，代指酒肴。

夜雨剪春韭，新炊間黃粱。主稱會面難，一舉累十觴

雨夜割來的春韭嫩嫩長長，剛燒好的黃粱摻米飯噴噴香。主人説難得有這個機會見面，一舉杯就接連喝了十觴。雖然是倉卒間所備的薄宴，却是冒雨剪來的美味春韭，可見主人殷勤待客之意。雖然都是些家常飯菜，却有着熱情温馨的家庭氛圍。主人連連舉杯，客人不辭一醉，爲難得的聚首而痛飲，爲醇厚的友情而乾杯。“間”，摻合，混雜。“黃粱”，黃小米。“觴”，盛酒的杯。

十觴亦不醉，感子故意長。明日隔山嶽，世事兩茫茫

飲了十幾杯我也難得一醉啊，是因爲感激老朋友您的情意深長。明朝你我又要分手，如被山嶽阻隔一樣，人情世事，竟然都如此渺茫！摯友久別，重逢不易；明日又將分離，後會難期，説不出的依依和感傷。前云“人生”，此曰“世事”；前云“如參商”，此曰“隔山嶽”，總之，都是爲了表達人生聚散不常、別易會難的感慨。其内心沉鬱，其感情蒼凉，因此儘管詩句平易真切，却有很深的感人魅力。“故意”，故交的情意。

評解

這首詩以白描寫實的手法，記述了與少年知交難得的重逢情景，表現了亂離年代特有的世事變化、别易會難的感慨。描寫曲盡人情，宛然如在眼前。它通過具體細膩的叙述，抒發真摯深厚的感情。情感隨着賓主相見、主人款待的過程起落轉换，悲喜更迭，情景逼真，生動如畫。這在杜詩中是别具一格的。明末王嗣奭《杜臆》評價這首詩“信手寫去，意盡而止，空靈婉暢，曲盡其妙”。清代浦起龍《讀杜心解》則認爲這首詩“古趣盎然，少陵别調。一路皆叙事，情真，景真，莫乙其處。”

全詩情勝乎詞，平易真切。其特點是句句轉折却又層次井然。清代仇兆鰲《杜詩詳註》分析説：“首叙今昔聚散之情。次言别後老少之狀。末感處士款情（款待之情），因而惜别也。”具體而言，篇首四句爲第一層，寫久别重逢，從離别説到聚首，亦悲亦喜，悲喜交集。“少壯”以下十句爲第二層，先從生離説到死别，透露出干戈亂離、人命危淺的現實；再寫與衛八處士的重逢聚首。“問答”以下十句爲第三層，寫主人及其家人的熱情款待，表達詩人對生活美和人情美的珍視；最後兩句，寫重聚又别的傷悲，是全篇感情的高潮，筆力如鈞，激蕩人心，而又低迴婉轉，耐人尋味。

夢李白二首

其一

死别已吞聲，生别常惻惻。
江南瘴癘地，逐客無消息。
故人入我夢，明我長相憶。
君今在羅網，何以有羽翼？
恐非平生魂，路遠不可測。
魂來楓葉青，魂返關塞黑。
落月滿屋梁，猶疑照顔色。
水深波浪闊，無使蛟龍得。

其二

浮雲終日行，游子久不至。
三夜頻夢君，情親見君意。
告歸常局促，苦道來不易。
江湖多風波，舟楫恐失墜。
出門搔白首，若負平生志。
冠蓋滿京華，斯人獨憔悴。
孰云網恢恢？將老身反累。
千秋萬歲名，寂寞身後事。

夢李白二首 詩意圖　高向陽 繪

題解

這兩首詩作於唐肅宗乾元二年（759）秋，當時杜甫在秦川。唐玄宗天寶三載（744），李杜初會於洛陽，即成爲至交。天寶四載（745）分手，至此已經十五個年頭。至德二載（757），李白因爲參加永王李璘的幕府而受牽連，被捕入獄；次年被定罪流放夜郎（今貴州桐梓縣）；乾元二年（759）春，李白在流放途中遇赦，隨即沿長江東還。但當時杜甫衹知李白流放，不知赦還。這兩首詩，就是杜甫聽到李白流放夜郎後，積思成夢而作，表達了對李白不幸遭遇的深切同情和關切，體現了一種生死不渝的兄弟般的情誼。

這兩首記夢詩，分別按夢前、夢中、夢後敘寫，依清代仇兆鰲《杜詩詳註》説，兩篇都以四、六、六行分層；所謂"一頭兩脚體"。上篇寫詩人初次夢見李白時的情景和心理，表現對故人吉凶生死的關切。此後數夜，又連續出現類似的夢境。於是，詩人又有下篇的詠嘆，寫夢中所見李白的形象，抒發對故人悲慘遭遇的同情。

【句解】

其一

死別已吞聲，生別常惻惻。江南瘴癘地，逐客無消息

如果是死別，那還可以絶望地吞聲一哭而了之，惟獨生離却常令人更加悲痛不止。江南山澤是瘴癘滋生流行之處，被放逐貶謫的人爲何至今毫無消息？詩一開頭便如陰風驟起，吹來一片瀰漫全詩的悲愴氣氛。詩要寫夢，先言別；未言別，先説死，以死別襯托生別，極寫李白流放絶域、久無音訊，在詩人心中造成的苦痛。古時一旦被流放，山高路險，一去莫測。所以，古人常把生離死別視爲人生兩大痛事。

"已"，止。"吞聲"，泣不成聲。"惻惻"，悲凄悲痛貌。"瘴癘"，感受瘴氣而生的疾病。瘴氣，是指南方地區山林間濕熱蒸發能緻病的氣。"逐客"，被放逐的人，指李白。

故人入我夢，明我長相憶。君今在羅網，何以有羽翼

今夜老朋友你忽然來到我夢裏，因爲你知道我常把你記憶。你如今陷入囹

圄，身不由己，哪有羽翼，千里迢迢飛來這北國之地？這兩句是説，詩人聽到李白長流夜郎的消息，天涯憂念，積想成夢。不説夢見故人，而説故人入夢。而故人所以入夢，又是感於詩人的長久思念，寫出李白幻影在夢中倏忽而現的情景，也表現了詩人乍見故人的喜悦和欣慰，巧妙曲折，至誠至真。但這欣喜衹不過一刹那，轉念之間便覺不對了。“明”，表明。“長”，常常。

恐非平生魂，路遠不可測。魂來楓葉青，魂返關塞黑

夢中的你恐不會是此生之魂吧，路途遥遠，生與死實難估計。故人魂魄，星夜從江南而來，又星夜自秦川而返。來的時候，江南楓林是一片傷心的青色；返回的時候，秦州關塞是一片令人惆悵的昏黑。

聯想世間關於李白下落的種種不祥的傳聞，詩人不禁暗暗思忖：莫非他真的死了？眼前的他可是魂魄？乍見而喜，轉念而疑，繼而生出深深的憂慮和恐懼。詩人對自己夢幻心理的刻畫，十分細膩逼真。接着，通過用典將李白與屈原聯係起來，不但突出了李白命運的悲劇色彩，而且表達自己對李白的稱許和崇敬。“魂來”句，指李白之魂所在的地方。出自《楚辭·招魂》：“湛湛江水兮上有楓，目極千里兮傷春心，魂兮歸來哀江南。”舊説係宋玉爲招屈原之魂而作。“關塞”，指當時杜甫所居的關隴一帶。

落月滿屋梁，猶疑照顏色。水深波浪闊，無使蛟龍得

醒來後明月落下清輝灑滿了屋梁，朦朧中似乎還能見到你的顏容憔悴。江南水深浪闊，旅途請多加小心，不要失足落入蛟龍的嘴裏。

“落月”兩句，寫夢醒後的幻覺。“顏色”，指夢中李白的面容。看到月色，想到夢境，李白的容貌在月光下似乎隱約可見。凝神細辨，才知是一種朦朧的錯覺，這是半醒半睡的境況；看到月光是半醒，看到李白是半睡。寫得真實而細緻，既是對李白的懷念，又確切表達了自己的心情和情境。“水深”二句，言江湖之間，風濤險惡，表達詩人的擔憂與祝告。江南多湖泊，傳説有蛟龍生在其間，能食人。此處兼有喻意，“水深”、“蛟龍”喻指政治環境的險惡。“蛟龍”一語見於梁吴均《續齊諧記》：東漢建武年間，有人白天在長沙見到一個自稱屈原的人，聽他説：“聞君當見祭，甚善。但常年所遺，恒爲蛟龍所竊。今若有惠，可以楝葉塞其上，以綵絲纏之，此二物蛟龍所憚也。”

其二

浮雲終日行，游子久不至。三夜頻夢君，情親見君意

浮雲一天到晚地在空中悠蕩，游子李白也與我相别日久。一連三夜頻頻夢見你，足以看出你對我的情意是多麽親摯深厚。見浮雲而念游子，是詩家比興常例，李白也有“浮雲游子意，落日故人情”（《送友人》）的詩句。天上浮雲終日飄去飄來，天涯故人却久望不至；所幸李白一往情深，魂魄頻頻前來探訪，使詩人得以略釋愁懷。後兩句與上篇“故人”句互相照應，我見君意也好，君明我憶也好，都是詩人推己及人，抒寫自己對故人的一片深情。

告歸常侷促，苦道來不易。江湖多風波，舟楫恐失墜

你向我辭行時，常常心情不展，苦苦地訴説前來不易。你説江湖上風波險惡，唯恐船隻失事沉没。詩人選取夢中片斷，描述李白的幻影。“告歸”句寫神態，“江湖”句是獨白，表現李白魂魄來去的艱險和他現實處境的惡劣。

出門搔白首，若負平生志。冠蓋滿京華，斯人獨憔悴

你走出門去總是搔着滿頭白髮，好像是爲自己壯志不遂而悵恨。京都的官僚們冠蓋相續，滿城都是，惟獨這樣一個了不起的人物李白，困頓不堪，失意憔悴。“出門”句，抒發了詩人“惺惺惜惺惺”的感慨，並通過動作、外貌揭示對象的心理。後兩句是爲李白的遭際鳴不平。“冠蓋”，士大夫的服飾和車駕，代指高冠華蓋的權貴。“京華”，京都。

孰云網恢恢？將老身反纍。千秋萬歲名，寂寞身後事

誰説天網恢恢，善惡終有報應？你年高身老，却反遭牽纍。千秋萬代之後，李白的大名必將傳揚天下，可那畢竟已是寂寞身亡後的安慰。《老子》謂“天網恢恢，疏而不失”，意謂天理如大網，雖稀疏却無漏失，善惡總有歸結。“孰云”句反其意，言李白雖善而得惡報。“將老”句，李白獲罪時，年已五十九。後兩句言外之意是説，現在活着的時候，有誰去顧憐李白困苦的處境呢？在深沉的嗟嘆之中，寄托着杜甫對李白的崇高評價和深切同情，也包含着詩人同病相憐的無限心事。所以，清代浦起龍《讀杜心解》説：“次章純是遷謫之慨。爲我耶？爲彼耶？同聲一哭！”“寂寞”，指死去，與“身後”同義。

評解

這兩首五言古詩，字字句句，都惻惻動人。前一首以“死別”發端，後一首以“身後”作結，形成一個首尾完整的結構。兩首之間，又處處關聯呼應，“逐客無消息”與“游子久不至”，“明我長相憶”與“情親見君意”，“君今在羅網”與“孰云網恢恢”等，都是維係其間的紐帶。但兩首詩的内容和意境却頗不相同。從寫“夢”來説，前一首初夢，後一首頻夢；前一首寫疑幻疑真的心理；後一首寫清晰真切的形象。從李白來説，前一首寫對他當前處境的關注，後一首寫對他生平遭際的同情；前一首的憂懼之情專爲李白而發，後一首的不平之氣兼含着詩人自身的感慨。

總之，兩首記夢詩相關而不雷同，都寫得深厚真摯，哀感動人，清代仇兆鰲《杜詩詳註》評價説：“千古交情，惟此爲至。”

蜀相

丞相祠堂何處尋？
錦官城外柏森森。
映階碧草自春色，
隔葉黄鸝空好音。
三顧頻煩天下計，
兩朝開濟老臣心。
出師未捷身先死，
長使英雄淚滿襟。

題解

這首詩是上元元年（760）春天，杜甫初到成都游武侯祠所作。當時安史之亂未平，作者仕途失意，棄官入蜀。他在詩中對鞠躬盡瘁、死而後已的諸葛亮推崇備至，有着深刻的寓意。“蜀相”，指三國時蜀國丞相諸葛亮，東漢建安二十六年（221），劉備在蜀稱帝，國號爲漢（後人稱蜀漢），以諸葛亮爲丞相。

蜀相 杜甫 丞相祠堂何處尋錦官城外柏森森 映階碧草自春色隔葉黃鸝空好音 三顧頻煩天下計兩朝開濟老臣心 出師未捷身先死長使英雄淚滿襟 乙亥戴敦邦作唐詩意

蜀相 詩意圖　戴敦邦 繪

【句解】

丞相祠堂何處尋？錦官城外柏森森

諸葛丞相的祠堂到什麼地方找尋？在成都城外，那柏樹茂密高大的地方。首聯點出祠堂的地理位置和自然環境。“丞相祠堂”，即武侯祠，西晋末年李雄爲紀念蜀漢丞相武鄉侯諸葛亮而建，在今成都市内，與劉備合廟而祀。“尋”字，使得一問一答、一開一合巧相連屬，寫出了初至成都的詩人急切瞻仰的心情。杜甫在巴蜀地區尋訪過多處諸葛亮的遺迹，留下了多首詩篇。“森森”，形容柏樹的茂密高大，是祠堂所在的標誌，也是歷代人民愛戴諸葛亮的見證。《古柏行》説：“君臣已與時際會，樹木猶爲人愛惜。”“錦官城”，指今四川省成都市。成都以産錦著名，三國蜀漢時在此設官專理此事，故曰錦官城。

映階碧草自春色，隔葉黄鸝空好音

掩映臺階的碧草空自展現着一派春色，藏在密葉間的黄鸝徒勞地婉囀鳴唱。頷聯寫詩人步入諸葛亮祠堂的所見所聞，情感却起了急劇的變化，“尋”的結果是祠堂寂寥冷落，悄無人迹，這就形成了一種情感上的落差。“自”、“空”二字極爲傳情：碧草映階，不過自爲春色——因游人行踪難至；黄鸝隔葉，不過空作好音——因詩人無心傾聽。一片詩心，全凝於二字。自然之恒久，與世事之多變、人生之不永暗相對照。“黄鸝”也稱黄鶯，是一種鳴聲動聽的小鳥。

三顧頻煩天下計，兩朝開濟老臣心

當年劉備三顧茅廬，頻頻咨以天下大計，諸葛亮爲先主開創基業，又爲後主匡濟救危，獻出老臣的一腔忠誠。頸聯由頷聯的感物轉爲思人，上句寫智識才能，見出其匡時雄略；下句寫勤勉忠誠，見出其報國之忱；兩句正好包括了他的事業自三顧茅廬始，而以輔佐劉禪終的全過程。“頻煩”，再三勞煩。“兩朝”，蜀漢皇帝劉備、劉禪父子兩朝。“開濟”，即開創基業，匡濟時危，指諸葛亮輔佐劉備開國，又幫助劉禪撑持危局。

出師未捷身先死，長使英雄淚滿襟

可惜啊，出師伐魏，還没取得勝利，諸葛丞相便病亡軍中，永遠讓後代英雄們對此淚滿衣襟！這兩句是最感人的名句。“出師句”，諸葛亮爲了伐魏，曾六出祁山。蜀漢建興十二年（234），諸葛亮率師伐魏，據武功五丈原（在今陝西岐山縣渭河南岸），與魏軍隔渭水相持百餘日，勝負未決而病死於軍中，年僅五十四歲。這一事實本來就使人痛惜，更何況他那死而後已的精神留下了不可估量的影響。

壯志難酬抱憾而終者，不僅是諸葛亮的遺恨，也是古往今來無數失意英雄的共有心境。尾聯在沉摯悲壯中，不僅表達對諸葛亮的痛惜、追念和景仰之情，同時也概括了古今英雄（包括詩人自己）在國危時艱之際有才無命、壯志未酬的悲慨。

評解

一千四百五十首杜詩中，稱頌或提到諸葛亮的，有幾十首之多，以這一首名氣最大。詩題不作“武侯祠”，而作“蜀相”，是有深意的；意在臧否人物，而非清代方東樹《昭昧詹言》所說的“吟懷古迹”。

這首七律章法曲折宛轉，自然緊凑。前兩聯記行寫景，灑灑脱脱；後兩聯議事論人，忽變沉鬱。自始至終，一生功業心事，祇用四語括盡，不愧是如椽巨筆。全篇由景到人，由尋找瞻仰到追述回顧，由感嘆緬懷到淚流滿襟，頓挫豪邁，幾度層折。首聯“何處尋”三字爲全詩讚頌、痛惜之辭預留伏筆，此爲第一折。頷聯以碧草、黄鸝兩個特寫鏡頭，反襯英雄悲情，此爲第二折。頸聯胸臆直瀉，以凝練精警之語，概括諸葛武侯的千秋功業，此爲第三折。經此三折，詩人方揭出末句的點睛之筆。全篇所懷者大，所感者深，凡讀此篇者，莫不有雄渾沉鬱之感。

江村

清江一曲抱村流，
長夏江村事事幽。
自去自來堂上燕，
相親相近水中鷗。
老妻畫紙爲棋局，
稚子敲針作釣鈎。
但有故人供祿米，
微軀此外更何求？

題解

這首詩寫於唐肅宗上元元年（760）夏天。這時杜甫結束了四年的流亡生活，靠親友故舊的資助，在成都的浣花谿畔，建起幾間草房，暫時安居下來。浣花谿幽靜美麗的環境和難得的安定生活，使飽經離鄉背井苦楚、備嚐顛沛流離艱虞的杜甫深感愉快、寬慰和輕鬆。時值初夏，浣花谿畔，江流曲折，水木清華，一派恬靜幽雅的田園景象。詩人拈來《江村》詩題，縱筆抒懷，優游愉悦之情實在難得。

清江一曲抱村流長夏江村
事事幽自去自來梁上燕
相親相近水中鷗老妻畫
紙為棋局稚子敲針作釣鉤
但有故人供祿米微軀此外
更何求 杜甫詩江村一首

江村 詩意圖　謝志高 繪

【句解】

清江一曲抱村流，長夏江村事事幽

浣花谿清澈的江水，彎彎曲曲地繞村而流；在長長的夏日中，事事都顯得恬靜安幽。首聯以疏淡的筆調，點染出環境的清幽寧静、詩人心境的恬淡閑適。“抱”字，看似脱口而出，未嘗用力，却賦江水以情態，將草堂臨江、江流曲折的清幽環境和詩人置身於自然美景的感受，表現得形象而又生動。“事事幽”提挈一篇旨意；“幽”是全篇的詩眼。照一般做律詩的規矩，中間兩聯在同一聯中忌有複字，首尾兩聯散行的句子，要求雖不那麽嚴格，但也應盡可能避免複字。現在用一對複字，却有一種輕快俊逸的感覺，並不覺得有重複之病。“清江”，指浣花谿。

自去自來堂上燕，相親相近水中鷗

自由飛翔、自來自去的，是那堂上的燕子；不離左右、相親相近的，是那水中的群鷗。頷聯寫物情之幽静。清代仇兆鰲《杜詩詳註》説這一聯“見物我忘機”。在詩人看來，燕子與鷗鳥都有一種樂群適性、忘機不疑的意趣，襯托出詩人怡然自足的感情。在寫法上，“梁上燕”應“村”，“水中鷗”應“江”。兩句詩兩個“自”字，兩個“相”字，及“去”與“來”、“親”與“近”，都屬當句對，讀起來輕快流暢，别具韻緻。

老妻畫紙爲棋局，稚子敲針作釣鈎

閑來無事，老妻展開素紙，畫着棋盤；無憂無慮的幼了敲彎細針，做成釣鈎。頸聯寫人事的閑趣。老妻畫紙爲棋局的痴情憨態，望而可親；稚了敲針作釣鈎的天真無邪，猶覺可愛。棋局最宜消夏，清江正好垂釣，愉悦之情，見於嬉戲之間，村居樂事，件件如意。經歷長期離亂之後，重新獲得家室兒女之樂，詩人怎麽不感到欣喜和滿足呢？歷代評家一緻讚美前四句自然天成，深入淺出，清真優美，但對頸聯則褒貶不一。批評者貶其“瑣屑近俗”，讚美者稱其“親切近情”，“盡其倫理之和”，“宜與智者道”。後説更可取。

但有故人供禄米，微軀此外更何求

衹要有老朋友給予一些周濟，我這微賤之人也就别無所求了。尾聯表面上是喜幸之詞，骨子裏則包含着一絲悲苦之情。曰“但有”，就不能保證必有；曰“更何求”，正説明已有所求。杜甫没有忘記，眼前優游閑適的生活，是建立在故人接濟的基礎上的。連穩定的生活都不能保證，這説明他當時的境遇並不好。中間兩聯，從物態人情方面，寫足江村幽事，結句用“此外更何求”一句，關合“事事幽”，收足一篇主題，很簡凈，很穩當。“故人供禄米”，戲指老朋友們給自己生活方面的資助。此聯上句又作“多病所須惟藥物”。不論是“藥物”還是“禄米”，都不免過於鑿實。“微軀”，類似“賤體”之意，是自謙的説法。

評解

這是一首平淡自然的七言律詩。作者以醇和的筆調，質樸的語言，描繪出浣花谿畔幽美寧静的自然風光和村居生活清悠閑適的情趣，將夏日江村最尋常而又最富於特色的景象，描繪得真切生動，自然可愛，頗具田園詩蕭散恬淡、幽雅渾樸的風韻。宋代蔡夢弼《草堂詩話》評價説：“其所以大過人者，無他，祇是平易。雖曰似俗，其實眼前事爾。”

詩的前半寫人與自然的和諧，自然令人賞心悦目，人在自然中感到自由、親切、融洽。頸聯寫洋溢着歡樂、生氣勃勃的家庭生活情景，深含着詩人對天倫之樂的欣慰和珍惜。末兩句寫不求仕宦的平淡心境。這是杜甫詩中難得多見的輕鬆愉快之作。清代黄生《杜詩説》謂之“杜律不難於老健，而難於輕鬆。此詩見瀟灑流逸之緻”。

茅屋為秋風所破歌

八月秋高風怒號，捲我屋上三重茅。

茅飛度江灑江郊，高者挂罥長林梢，下者飄轉沉塘坳。

南村群童欺我老無力，忍能對面爲盜賊，公然抱茅入竹去。

唇焦口燥呼不得，歸來倚杖自嘆息。

俄頃風定雲墨色，秋天漠漠向昏黑。

布衾多年冷似鐵，嬌兒惡卧踏裏裂。

床頭屋漏無乾處，雨脚如麻未斷絶。

自經喪亂少睡眠，長夜沾濕何由徹？

安得廣厦千萬間，大庇天下寒士俱歡顔，風雨不動安如山！

嗚呼！何時眼前突兀見此屋？吾廬獨破受凍死亦足！

茅屋為秋风所破歌 詩意圖　戴敦邦 繪

題解

這是杜甫自傷貧困的“歌”，作於上元二年（761）秋八月。安史之亂中，杜甫歷經坎坷，被俘復逃離，爲官又棄官，“三年饑走荒山道”，輾轉來到成都。上元二年春天，知命之年的杜甫求親告友，在成都西郊的浣花谿邊蓋起了一座草堂，總算有了一個暫時的栖身之所，並靠故交嚴武的接濟，過上了稍稍安定的生活。不料到了八月，怒號的秋風捲走了杜甫草堂上的茅草，晚上又下了一場大雨，弄得屋漏床濕。仕途多蹇、衰老貧困的詩人感慨萬千，寫下了這首感人至深的詩篇。

白居易說“文章合爲時而著，歌詩合爲事而作”，杜甫這首詩正是這樣。面對苦難的處境，他不止於哀嘆自己的遭遇，而是推己及人，希望“天下寒士”都免受其苦，表達出寧苦己以利人的高尚情懷。這種先人後己的精神境界，激勵和感染了無數的讀者。宋代詩人鄭思肖《杜子美茅屋爲秋風所破歌圖》就寫道：“雨捲風掀地欲沉，浣花谿路似難尋。數間茅屋苦饒舌，説殺少陵憂國心。”

【句解】

八月秋高風怒號，捲我屋上三重茅。茅飛度江灑江郊，高者掛罥長林梢，下者飄轉沉塘坳

八月的秋空，遼遠高闊，誰料想忽然颳起一陣狂風，怒吼着，霎時間把我茅屋上的三層茅草都給掀掉了。茅草飛越了江水，散落在江對岸，有的高挂在林梢，有的沉落在塘坳。

起句交代時間，然後用五個開口呼的平聲韻脚，句句押韻，給開篇就帶來一股氣勢。“風怒號”三字，寫出秋風來勢猛，聲音大，速度快，力量强。“捲”有連底颳跑的意思，不僅富有動感，而且滿含濃烈的感情色彩。詩人好不容易蓋起茅屋，剛剛定居，秋風却好像故意和他作對，使他不得安居，這怎能不令詩人萬分焦急？“挂罥”，懸挂，纏繞。“坳”，低窪之處。

南村群童欺我老無力，忍能對面爲盜賊，公然抱茅入竹去。唇焦口燥呼不得，歸來倚杖自嘆息

南村的一群頑童欺我年老無力，竟忍心當面作起了盜賊，公然抱起茅草，躲入竹林裏。我唇焦口燥，不能再繼續呼喊了，回家來扶着拐杖，空自嘆息。這裏又從大地寫到人。前三句寫群童大搖大擺地當面“行搶”，後二句寫自己的無可奈何。前後一對照，群童頑皮無賴、詩人體衰無力的神態躍然紙上。“忍能”句表現的是詩人焦躁憤慨的心情，决不是真的給群童加上盗賊的罪名。用詩人《又呈吴郎》詩中的話説，是“不爲困窮寧有此”！詩人如果不是十分困窮，就不會對大風颳走茅草那麽心急如焚。這一切，都是結尾的伏綫。“安得廣厦千萬間，大庇天下寒士俱歡顔”的崇高願望，正是從“四海困窮”的現實基礎上産生出來的。

俄頃風定雲墨色，秋天漠漠向昏黑。布衾多年冷似鐵，嬌兒惡卧踏裏裂

過了一會兒，狂風停息，黑雲如墨，秋空陰沉迷蒙，一下子就昏暗了。蓋了多年的布被冷硬如鐵，嬌兒的睡相不好，被裏被他雙脚亂蹬，都蹬破裂了。正當詩人無奈和嘆息時，天色又變了，這是風雨的前兆。“俄頃”兩句，以飽蘸濃墨之筆，渲染出暗淡愁慘的氛圍，烘托出詩人的心境。“布衾”兩句，寫生活的窘困，被子用了多年，又破裂了，已不足以御寒，隱含着詩人難以爲家的隱痛和不安。“俄頃”，不久，頃刻之間。

床頭屋漏無乾處，雨脚如麻未斷絶。自經喪亂少睡眠，長夜沾濕何由徹

茅屋漏雨，床頭被淋濕了，屋子裏没有乾的地方；而雨仍密密麻麻，不肯停歇。自從變亂以來，我就很少睡眠；在這樣漫長的夜晚，濕漉漉的，如何才能挨到天亮？這一段雖是些瑣事的絮叨，却能讓人清晰地想見詩人獨坐床上、仰天長嘆的凄苦情景。“自經”兩句，一縱一收。一縱，從眼前的處境擴展到安史之亂以來的種種痛苦經歷，從風雨飄摇中的茅屋擴展到戰亂頻仍、殘破不堪的國家；一收，又回到“長夜沾濕”的現實。“喪亂”，指安史之亂。

安得廣厦千萬間，大庇天下寒士俱歡顔，風雨不動安如山

怎麽才能得到千萬間高樓大厦，讓普天下貧寒的人們都得到庇護，個個歡樂開懷；無論風雨如何吹打，房屋都安穩如山！這幾句推己及人，想到百姓的困苦，提出使貧寒者“俱歡顔”的理想。詩句境界闊大，鏗鏘有力，從詩人自己痛苦生活的體驗中，迸發出奔放的激情和火熱的希望，千百年來一直激動着讀者的心靈。“安得”句，是欲得而不能的一種想象。“大庇”，全部遮蓋、

保護起來。“寒士”，本指貧窮的讀書人，這裏泛指所有貧寒的人們。

嗚呼！何時眼前突兀見此屋？吾廬獨破受凍死亦足

唉，什麼時候，我眼前能突然見到這樣的房屋？到那時，即便惟獨我的房子破漏，讓我受凍甚至凍死，我也心甘情願！詩人從安居推及人情，大有民胞物與之意。他寧願凍死，以換取天下窮苦者的温暖。對比白居易《新製布裘》詩的“安得萬里裘，蓋裹周四垠。穩暖皆如我，天下無寒人”，那祇是推身利以利人，尚不及杜甫的“寧苦身以利人”。詩人博大的胸襟、崇高的理想，至此表現得淋漓盡緻。不過，詩人欲以“吾廬獨破”爲代價，幻化出“廣厦千萬間”，這與其説是詩人“不愛一身而愛天下”，倒不如説是詩人激憤鬱結之情的體現。

評解

這是一首歌行體的古詩，句式長短不齊，韻脚兩韻一轉，多次變换，有一種參差錯落、曲折跌宕的感覺，這有助於表現坎坷生活和悲涼鬱塞的心情。《唐宋詩醇》評價這首詩説：“極無聊事，以直寫見筆力，入後大波軒然而起，叠筆作收，如龍掉尾，非僅見此老胸懷，若無此意，詩亦不可作。”

全篇可分爲四段。從開頭至“塘坳”爲第一段，寫面對狂風破屋的焦慮。從“南村”至“嘆息”爲第二段，寫面對群童抱茅的無奈。從“俄頃”至“何由徹”爲第三段，寫遭受夜雨的痛苦。從“安得”至最後爲第四段，寫期盼廣厦，將苦難加以昇華。前三段是寫實式的叙事，訴述自家之苦，情緒含蓄壓抑；後一段是理想的昇華，直抒憂民之情，情緒激越軒昂。前三段的層層鋪叙，爲後一段的抒情奠定了堅實的基礎。如此抑揚曲折的情緒變换，完美地體現了杜詩“沉鬱頓挫”的風格。

客至

舍南舍北皆春水，
但見群鷗日日來。
花徑不曾緣客掃，
蓬門今始爲君開。
盤飧市遠無兼味，
樽酒家貧祇舊醅。
肯與鄰翁相對飲？
隔籬呼取盡餘杯。

題解

這首洋溢着濃鬱生活氣息的詩，據黄鶴《黄氏集千家註杜工部詩史補遺》講，是上元二年（761）春天，杜甫五十歲時，在成都草堂所作。這是一首至情至性的紀事詩，表現出詩人純樸的性格和好客的心情。作者自註：“喜崔明府相過”，可見詩題中的“客”，即指崔明府。其具體情况不詳，杜甫母親姓崔，有人認爲，這位客人可能是他的母姓親戚。“明府”，是唐人對縣令的尊稱。“相過”，即探望、相訪。

客至 詩意圖 華三川 繪

【句解】

舍南舍北皆春水，但見群鷗日日來

草堂的南北，春水漫漫，衹見鷗鳥天天成群而至。首聯描繪了草堂環境的清幽，景色的秀麗，點明時令、地點和環境。“皆”字寫出春江水勢漲溢的情景，給人以江波浩渺、茫茫一片之感。鷗鳥性好猜疑，如人有機心，便不肯親近，在古人筆下常常是與世無争、没有心機的隱者的伴侣。因此“群鷗日日來”，不僅點出環境的清幽僻静，也寫出詩人遠離世間的真率忘俗；同時也説明：親友雲散，交游冷落，衹見群鷗，不見其他來訪者，閑逸的生活不免有一絲單調、寂寞。“舍”，自稱其家爲舍，這裏指成都浣花谿畔的草堂。“春水”，指流經草堂的浣花谿。

花徑不曾緣客掃，蓬門今始爲君開

花草遍地的庭院小路，還没有因爲迎客打掃過；用蓬草編成的門，因爲你的到來，今天才打開。頷聯由外轉内，從户外的景色轉到院中的情景，引出“客至”，用與客人談話的口吻，增强了生活實感，表現了詩人喜客之至，待客之誠。對仗頗具匠心：花徑不曾緣客掃，今始爲君掃；蓬門不曾爲客開，今始爲君開，上下兩意，互文而足。“緣客掃”，爲了客人而打掃，古人常以掃徑表示歡迎客人。“蓬門”，茅屋的門。

盤飧市遠無兼味，樽酒家貧衹舊醅

因爲居住在偏僻之地，距街市較遠，交通不便，所以買不到更多的菜肴，宴席不豐盛。家境貧寒，未釀新酒，衹能拿味薄的隔年陳酒來招待你。以上虚寫客至，下面轉入實寫待客。作者捨棄了其它情節，專取最能顯示賓主情意的生活場景，着意描畫。主人盛情招待，頻頻勸飲，却因力不從心，酒菜欠豐，而不免歉疚。我們彷彿聽到那實在而又親切的家常話，字裏行間充滿了融洽氣氛。“盤飧”，盤中的菜肴。“飧”，本指熟食，這裏泛指菜。“兼味”，菜肴一種叫味，兩種以上叫兼味。“舊醅”，舊釀的隔年濁酒。“醅”，未經過濾的酒。古人好飲新酒，所以詩人因以舊醅待客而有歉意。

肯與鄰翁相對飲？隔籬呼取盡餘杯

客人肯不肯與鄰家的老翁相對而飲？如果肯的話，我就隔着籬笆，招唤他過來，一起喝盡這最後的幾杯。尾聯以邀鄰助興的精彩細節，出人料想地筆意一轉。這令人想到陶淵明的“過門更相呼，有酒斟酌之”。無須事先約請，隨意過從招飲，是在真率純樸的人際關係中所領略的絶棄虛僞矯飾的自然之樂。

評解

這是一首工整而流暢的七律。前兩聯寫客至，有空谷足音之喜；後兩聯寫待客，見村家真率之情。篇首以“群鷗”引興，篇尾以“鄰翁”陪結。在結構上，作者兼顧空間順序和時間順序。從空間上看，從外到内，由大到小；從時間上看，則寫了迎客、待客的全過程。銜接自然，渾然一體。但前兩句先寫日常生活的孤獨，從而與接待客人的歡樂情景形成對比。這兩句又有“興”的意味：用“春水”、“群鷗”意象，渲染出一種充滿情趣的生活氛圍，流露出主人公因客至而歡欣的心情。

劉克莊《後村詩話》説：“此篇若戲效元白體者。”杜甫自不可能飛躍時空去戲效他後代的元白體，那麼從什麼角度什麼意義上講，《客至》“戲效元白體”呢？簡而言之，元白體就是指淺切平易的詩歌風格。綜觀全詩，語勢流暢，除“盤飧”、“兼味”、“樽酒”之外，其餘語句都没有太大的障礙，尤其是尾聯虛字（“肯與”）和俗語（“呼取”）的運用，足當“戲效元白體”之評。另外，詩用第一人稱，表達質樸流暢，自然親切，與内容非常協調，形成一種歡快淡雅的情調，與杜甫其他律詩字斟句酌的風格確實不大一樣，難怪劉克莊説它是“戲效元白體”。

春夜喜雨

好雨知時節，當春乃發生。
隨風潛入夜，潤物細無聲。
野徑雲俱黑，江船火獨明。
曉看紅濕處，花重錦官城。

題解

杜甫詩集中有五十多首寫雨的詩篇，以《喜雨》爲題的，共四首，以這一首最爲知名。

這首詩作於上元二年（761）春天，杜甫這時已經在成都草堂居住了兩年。從上年的冬天到這年的二月間，成都一帶發生了旱災。經歷過冬天的人，最懂得春天的温暖；經歷過旱災的人，最懂得雨的可貴。所以當春雨來臨之際，杜甫欣喜非常，以久旱逢甘霖的心情，在詩中描繪了春夜雨景，謳歌了春雨滋潤萬物之功。

春夜喜雨 詩意圖　戴敦邦 繪

【句解】

好雨知時節，當春乃發生

多好的雨水啊，它似乎知道季節的來臨，當春天萬物萌生之際便應時而發生。“好”字統攝全篇。俗話説“春雨貴如油”，當萬物需要滋潤時，它便來了，故謂“知時節”，也自然是“好雨”。詩人采用擬人化的寫法，將春雨寫得有情有知，善解人意，喜悦之情形於筆端。

隨風潛入夜，潤物細無聲

它隨着微風悄悄地在夜間飄落，柔情地滋潤萬物，細微得聽不到一點響聲。這兩句用擬人化手法，在無聲之處，將雨的連綿滋潤之態寫得十分傳神，把雨好、人喜寫得含蓄而又生動。詩句不用“灑”或“落”，而用“潛”字，十分恰切形象，準確傳遞了那種不知不覺的情境。清代仇兆鰲《杜詩詳註》評價説：“雨驟風狂，亦足損物。曰潛曰細，寫得脉脉綿綿，於造化發生之機，最爲密切。”

野徑雲俱黑，江船火獨明

看那四方郊野黑雲密佈，祇有江中船上的漁火閃爍着一點光明。詩人又以開闊的夜景去描繪那聽不見的細密春雨。前一句以烏雲説明天陰雨長，正好滿足了自然萬物的需求。後一句與前一句形成對比，在無邊的暗夜中跳出亮色調，色彩鮮明，富有畫意。同時見出春天的雨勢，雖然黑雲密佈，但並没有風雨飄摇之勢，所以船上人才會那般平和。“野徑”，鄉間小路，這裏泛指四方郊野。

曉看紅濕處，花重錦官城

等到大亮後，去看那被雨水滋潤的紅花叢，經雨而濕重的鮮花定會開滿錦官城。這一聯由雨夜想象天晴，花兒飽含雨水的感覺，如在目前，花枝經受不起花朵分量的情狀，也呈現出來。説明這雨整整下了一夜，已經下透了。詩人的想象，極大地拓展了詩的情感與思維空間，使得詩意更深一層，喜悦之情也不言自明。“紅濕”，雨後的花叢，紅潤一片。“花重”，花朵經雨而濕重，一説色澤濃艷。明代譚元春在《唐詩歸》中評價説：“‘紅濕’字已妙於説雨矣。‘重’字尤妙，不濕不重。”“錦官城”，即成都。

評解

平常之景最爲難寫，能寫難狀之景如在目前，且如此真切入微，令人如臨其境，衹有大詩人能够做到。這是一首五律。前兩聯用流水對，把春雨的神韻一氣寫下，末聯寫一種驟然回首的驚喜，格律嚴謹而渾然一體。詩人是按先“傾耳聽雨”、再“舉首望雨”、後“閉目想象”的過程和角度，去表現春夜好雨的。詩從聽覺寫至視覺，乃至心理感覺，從當夜想到清晨，結構嚴謹，描寫細膩；語言錘煉精工；巧妙地運用了擬人、對比等具有較强表現力的藝術手法。詩中句句繪景，句句寫情，不用喜悦歡愉之類詞彙，却處處透露出喜悦的氣息、明快的情調。《瀛奎律髓彙評》引紀昀語：“此是名篇，通體精妙，後半尤有神。”

在擇韻上，詩人以韻就情。他選擇的“庚”韻，是後鼻韻母，其發音過程較長，客觀上拖慢了整首詩涵詠的時間和語調，這恰恰宜於表達詩中喜悦而不衝動、醇厚而不奔放的綿長細膩的情感。

贈花卿

錦城絲管日紛紛，
半入江風半入雲。
此曲衹應天上有，
人間能得幾回聞？

題解

這首詩作於上元二年（761），詩人時在成都。“花卿”，指花敬定。“卿”，是對地位和年輩較低者的一種客氣稱呼。花敬定是成都尹崔光遠的部將，曾在平定梓州刺史段子璋叛亂中立過功。杜甫《戲作花卿歌》“成都猛將有花卿，學語小兒知姓名”，説的就是他。但他居功自傲，放縱士卒大掠東蜀；又目無朝廷，僭用天子音樂。這首詩可能是在花敬定舉行的一次宴會上即興之作，詩中描寫了宴樂之盛，委婉地諷刺他恃功驕恣。

赠花卿 詩意圖　馬援 繪

【句解】

錦城絲管日紛紛，半入江風半入雲

錦官城裏管弦交奏，一天到晚響個不停。音樂聲一半散入江風，一半散入雲層。開篇兩句運筆工麗絶巧，使人真切地感受到樂曲行雲流水般的美妙。兩個“半”字，空靈活脱，增添了不少情趣。“錦城”，即成都。“絲管”，指弦樂器和管樂器，這裏泛指音樂。“紛紛”，本意是既多而亂的樣子，通常是用來形容那些看得見、摸得着的具體事物，這裏却用來比狀看不見、摸不着的抽象的樂曲，這就從人的聽覺和視覺的通感上，化無形爲有形，極其準確、形象地描繪出弦管那種輕悠、柔靡，雜錯而又和諧的音樂效果。

此曲祇應天上有，人間能得幾回聞

這樣美妙的樂曲祇在天宫才有啊，人世間能得幾回賞聽？這兩句表面上是在讚美樂曲，實際是用一語雙關的巧妙手法，含蓄地諷刺花敬定，可謂綿裏藏針，寓諷於諛，意在言外。這可以從“天上”和“人間”兩詞看出端倪。“天上”者，天子所居皇宫也。“人間”者，皇宫之外也。説樂曲屬於“天上”，且加“祇應”一詞限定，那麽，人間當然就不應得聞。不應得聞而竟然得聞，不僅“幾回聞”，而“日紛紛”，其侈靡可見一斑。於是乎，作者的諷刺之旨就從這種矛盾的對立中，既含蓄婉轉又確切有力地顯現出來了。

評解

這是一首七言絶句，前兩句對樂曲作具體形象的描繪，是實寫；後兩句以天上的仙樂相誇，是遐想。因實而虚，虚實相生，將樂曲的美妙讚譽到了極度。清代仇兆鰲在《杜詩詳註》中評價説：“此詩風華流麗，頓挫抑揚，雖太白（李白）、少伯（王昌齡），無以過之。其首句點題，而下作承轉，乃絶句正法也。”

這首詩字面上樸實易懂，明白如話，但對它的主旨，歷來註家頗多異議。有人認爲它祇是讚美樂曲，並無弦外之音；有人認爲它是用來譏諷花卿的。聯係作者的人生態度、創作精神，並結合此詩的寫作背景和具體詩意看，後者較爲可取。正如明代楊慎《升菴詩話》所説：“（花卿）蜀之勇將也，恃功驕恣。杜公此詩譏其僭用天子禮樂也。而含蓄不露，有風人言之者無罪、聞之者足以戒之旨。”清代沈德潛《說詩晬語》也說：“詩貴牽意，有言在此而意在彼者，杜少陵刺花敬定之僭竊，則想新曲於天上。”

江畔獨步尋花

黃四娘家花滿蹊，
千朵萬朵壓枝低。
留連戲蝶時時舞，
自在嬌鶯恰恰啼。

題解

這首詩作於杜甫定居成都草堂的第二年，即上元二年（761）春。春暖花開的時節，杜甫本想尋伴同游賞花，未能尋到，衹好獨自沿錦江江畔散步，每經歷一處，寫一處；寫一處，又换一意；一連成詩七首，共成一個體系，同時每首詩又自成章法。

此爲組詩的第六首。記叙在黃四娘家賞花時的場面和感觸，描寫草堂周圍爛漫的春光，表達了對美好事物的熱愛之情和適意之懷。春花之美、人與自然的親切和諧，都躍然紙上。

江畔獨步尋花 詩意圖　甘雨辰 繪

【句解】

黄四娘家花滿蹊，千朵萬朵壓枝低

黄四娘家的鮮花遮住了庭前小路，花兒千朵萬朵，沉甸甸地，把枝條都壓彎壓低了。首句點明尋花的地點。"黄四娘"，不詳。"娘"或"娘子"是唐代對婦女的美稱或尊稱。以人名入詩，很有生活情趣和民歌味道。次句"千朵萬朵"，是上句"滿"字的具體化，"壓"、"低"二字用得十分準確、生動，可見出争相怒放的花朵重重叠壓的盛况。

留連戲蝶時時舞，自在嬌鶯恰恰啼

流連不捨的蝴蝶在百花叢中時時游戲飛舞，安閑自得的黄鶯似爲我的來到而傳出一串嬌啼。這兩句以細微的刻畫，寫出了蝴蝶輕捷的舞姿和黄鶯動聽的歌聲，顯示出春意盎然的景象。"留連"，亦作"流連"，依戀而不忍離去。暗示出花的芬芳鮮妍，也是説詩人被這美景吸引，留連忘返。"自在"，既描繪黄鶯自由自在地歌唱，也描述出詩人心理上愉快輕鬆的感覺。"時時"，不是偶爾一舞，而是幾乎不停地舞。"恰恰"，恰好，正當這個時候。"時時"、"恰恰"相對仗，顯得格外工麗。

評解

這類賞景題材的絶句，唐詩中屢見不鮮。但是如此刻畫細微、有聲有色的，並不多見。它既像一首美妙絶倫的樂曲，又像一幅醉人的春光畫。全詩無一句抒情，都是寫景，但景中又無不寓情，詩人欣賞着春花滿枝的美景，傾聽着黄鶯啼叫的動人歌聲，那種心曠神怡、輕鬆愉快的心境和健康愉悦的興緻，給人清新優美的感覺。

在句法上，這首詩三四句既對仗工穩，又饒有餘韻。按照文法習慣，這兩句應作：戲蝶留連時時舞，嬌鶯自在恰恰啼。詩人把"留連"、"自在"提到句首，既是出於音韻上的考慮，同時又在語意上强調了它們，使含義更爲顯豁，句法也顯得新穎多變。

聞官軍收河南河北

劍外忽傳收薊北，
初聞涕淚滿衣裳。
却看妻子愁何在？
漫捲詩書喜欲狂！
白首放歌須縱酒，
青春作伴好還鄉。
即從巴峽穿巫峽，
便下襄陽向洛陽。

題解

這首詩作於唐代宗廣德元年（763）春。前一年冬，唐軍在洛陽附近打了一個大勝仗，收復了洛陽等地。廣德元年正月，叛軍首領史思明的兒子史朝義兵敗自殺，延續八年之久的安史之亂至此平息。在戰亂中漂泊受難、飽經滄桑，正流離於梓州（治所在今四川三臺）的杜甫，聽到這個消息，驚喜欲狂，心中激蕩，難以自抑，狂喜之餘，以飽含激情的筆墨，寫下了這首膾炙人口的七律。

聞官軍收河南河北 詩意圖 吕士榮 繪

【句解】

剣外忽傳收薊北，初聞涕淚滿衣裳

劍南一帶忽然傳來官軍收復薊北的喜訊；初聞此訊，我止不住熱淚滾滾，灑滿了衣裳。首聯恰切而逼真地反映出詩人當時的心理，感人至深。多少年動蕩流離的生活，多少個憂愁淒苦的長夜，多少軍民的浴血奮戰，就要結束了；多少年的日思夜盼，終於實現了，怎能不教人喜極而泣？“忽傳”，表現捷報來得突然，如春雷乍響，驚喜的洪流，衝開鬱積已久的感情閘門。“劍外”，即劍門關（劍閣）以南地區的蜀中（今四川境内），唐朝置劍南道，治所在成都。“薊北”，唐時的幽、薊二州一帶（今河北北部），是安史叛軍的老巢。

却看妻子愁何在？漫捲詩書喜欲狂

回過頭看着妻子兒女，她們臉上的愁雲已經一掃而光；胡亂地收捲起一堆詩書，我欣喜得簡直要發狂！頷聯以轉作承，落脚於“喜欲狂”，這是驚喜的情感洪流涌起的又一高峰。“却看”，即回頭看。當自己悲喜交集時，自然想到多年來同受苦難的妻子兒女。“漫捲”，是一種無目的、下意識的動作。動亂結束，第一個長期深藏在心裏的願望自然冒出來：從此可以回鄉，過上安定的日子。所以欣喜若狂地把散亂的詩書捲起來，詩人未必真的要立刻收拾行李，衹是情不自禁，渴盼早歸的自然流露。

白首放歌須縱酒，青春作伴好還鄉

滿頭白髮的我，要放聲高歌，還要縱情飲酒；有明媚的春光作伴，正好可以啓程回歸故鄉。頸聯就“喜欲狂”作進一步抒寫，並轉入極欲回鄉的心情。放歌、縱酒是狂喜的具體表現。青春、還鄉是詩人的設想。“白首”，一作“白日”，但與下句中的“青春”顯得重複，故作“白首”較好。“青春”，指春季。

即從巴峽穿巫峽，便下襄陽向洛陽

立即乘船從巴峽啓程，順水穿過巫峽，直接由水路北上襄陽，旋即又由陸路直奔故鄉洛陽。尾聯就還鄉作進一步抒寫，展望中的旅程是多麽美好，又是多麽平易坦蕩。實際上，從劍外到洛陽，路途很遠，巴峽、巫峽、襄陽、洛陽四處相距也不近，但在歸心似箭的詩人筆下，簡直就像朝發夕至那麽容易、那麽快速。這一聯包含四個地名。“巴峽”與“巫峽”，“襄陽”與“洛陽”，既各自對偶（句内對），又前後對偶，形成工整的地名對；而用“即從”、“便下”綰合，兩句緊連，一氣貫注，又是活潑的流水對。再加上“穿”、“向”的動態與兩“峽”兩“陽”的重複，也就有了一瀉千里的氣勢。

“巴峽”，指四川東北部嘉陵江上游峽谷，非巴東三峽。“巫峽”，在今四川巫山縣東，長江三峽之一。“襄陽”，今湖北襄樊市，杜甫祖籍在此。從襄陽到洛陽，要改走陸路，所以用“向”字。“洛陽”，今屬河南。杜甫籍貫河南鞏縣，三歲時移居洛陽，故常以洛陽爲故鄉。句後作者原註：“余田園在東京。”東京即洛陽。

評解

杜詩之妙，有以命意勝者，有以篇法勝者，有以俚質勝者，有以倉卒造狀勝者。這一首即是最後一種情況。清代浦起龍《讀杜心解》説這是“杜老生平第一首快詩”，這應緣於大悲之後的大喜。多年鬱悶，一掃而光，豈能不快？興緻勃發，揮毫作詩，焉能不快？

杜詩一千四百五十首，言喜者不多。這首一變其一貫的沉鬱頓挫之風，性情溢於筆墨之間。前兩聯寫聞捷訊之喜，後兩聯寫還鄉之心切，除第一句叙事點題外，其餘各句都是抒發狂喜之情的。一般來説，悲哀之情容易動人，喜悦之情難以描狀。雖然這是一首律詩，但讀起來毫無律體的束縛之感。氣勢如風馳電掣，節奏像瀑水急湍，全篇就如行雲流水一般，一氣渾成，絶無雕飾妝點，真可謂情至文生，愈樸愈真。這首詩將久經喪亂的人們聽到戰爭結束時的狂喜之情强烈地表達出來，因而千百年來不知打動了多少亂世中流亡者的心。

絶句四首（其三）

兩個黄鸝鳴翠柳，

一行白鷺上青天。

窗含西嶺千秋雪，

門泊東吴萬里船。

題解

這首詩是廣德二年（764）杜甫居成都草堂時寫的。明末王嗣奭《杜臆》説"是自適語"，"蓋作於卜居草堂之後，擬客居此以終老，而自叙情事如此。"其時，安史之亂已平定，杜甫蒙友人資助，居於城外風景清幽的草堂，心情不錯。面對生氣勃勃的景象，他情不自禁，寫下一組即景小詩。興到筆隨，事先既未擬題，詩成後也不打算擬題，乾脆以"絶句"爲題。

絕句四首（其三） 詩意圖 孫文鐸 繪

【句解】

兩個黃鸝鳴翠柳，一行白鷺上青天

兩隻黃鸝在新綠的柳枝間鳴唱，一行白鷺列隊飛向青天。這兩句有聲有色，意境優美，對仗工整。黃鸝、翠柳顯出活潑的氣氛，白鷺、青天給人以平静、安適的感覺。“鳴”字表現了鳥兒的怡然自得。“上”字表現出白鷺的悠然飄逸。黃、翠、白、青，色澤交錯，展示了春天的明媚景色，也傳達出詩人歡快自在的心情。《艇齋詩話》引韓子蒼云：“古人用顏色字，亦須配得相當方用。‘翠’上方見得‘黃’，‘青’上方見得‘白’。”

窗含西嶺千秋雪，門泊東吴萬里船

從窗口望去，西嶺上千年不化的積雪，似乎近在眼前；門外江上停泊着行程萬里、從東吴歸來的航船。一個“含”字，表明詩人是憑窗遠眺，此景彷彿是嵌在窗框中的一幅圖畫。這兩句表現出詩人心情的舒暢和喜悦。“千秋雪”言時間之久，“萬里船”言空間之廣。詩人身在草堂，思接千載，視通萬里，胸襟何等開闊！

“西嶺”，即成都西南的岷山，其雪常年不化，故云“千秋雪”。“東吴”，三國時孫權在今江蘇南京定都建國，國號爲吴，也稱東吴。這裏借指長江下游的江南地區。

評解

這首絶句一句一景，兩兩對仗，寫法精緻考究，但讀起來十分自然流暢，一點兒也不覺得有雕琢之感。因爲一以貫之的是詩人的内在情感。一開始寫草堂的春色，情緒是陶然的；而隨着視綫的游移、景物的轉換、江船的出現，觸動了他的鄉情。四句景語完整表現了詩人這種複雜細緻的内心思想活動。

蘇軾曾説“少陵翰墨無形畫”，此詩就像一幅絢麗生動的山水條幅：畫的中心是幾株翠緑的垂柳，黃鶯兒在枝頭婉囀歌唱；畫的上半部是青湛湛的天，一行白鷺映於碧空；遠處高山明滅可睹，遥望峰巔猶是經年不化的積雪；近處露出半邊茅屋，門前一條大河，水面停泊着遠方來的船隻。從顏色和綫條看，作者把兩筆鵝黃點染在一片翠緑之中，在青淡的空間斜勾出一條白綫。點綫面有機結合，色彩鮮明而又和諧。圖像有動有靜，視角由近及遠，再由遠及近，給人以既細膩又開闊的感受。其空間感和時間感運用巧妙，使人覺得既在眼前，又及萬里；既是瞬間觀感，又通連古今甚至未來；既是寫實又富於想象。

閣夜

歲暮陰陽催短景，
天涯霜雪霽寒宵。
五更鼓角聲悲壯，
三峽星河影動摇。
野哭幾家聞戰伐，
夷歌數處起漁樵。
卧龍躍馬終黄土，
人事音書漫寂寥。

題解

這首七言律詩是杜甫於大曆元年（766）冬寓居夔州西閣時所作，是詩人感時、傷亂、憶舊、思鄉心情的真實寫照。當時，蜀中發生了崔旰、郭英乂、楊子琳等軍閥的連年混戰，吐蕃也不斷侵襲蜀地，加之杜甫好友鄭虔、蘇源明、李白、嚴武、高適等人相繼亡故，杜甫深感寂寞悲哀。詩人流寓於荒僻的山城，面對峽江壯麗的夜景，聽到悲壯的鼓角聲，感慨萬千。他由眼前的情景想到國家的戰亂，由歷史人物想到自己的境遇，力圖在内心超越令人悲傷的現實。詩中雖有悲涼哀傷之情，却也有壯情和超然之意。“閣夜”，即西閣之夜。

閣夜 詩意圖　武繼仁 繪

【句解】

歲暮陰陽催短景，天涯霜雪霽寒宵

時令到了寒冬，天越來越短；我浪迹天涯，在這霜雪初散的寒宵。首聯用流水對起題，點明時間、環境。“歲暮”，指冬季。“陰陽”，指日月。短景，冬天日短夜長，所以說“短景”，此處深意是說光陰苦短。“催”這一動詞，逼真地寫出衰年歲暮，久客不歸，使人覺得光陰荏苒，歲月相催。“天涯”，這裏指夔州，又有淪落天涯之意。“霽”，霜雪停止、消散。“寒宵”，寒冬之夜。當此霜雪方歇的寒冬夜晚，天涯淪落的詩人對此凄涼寒愴之景，不由感慨萬千。這一聯寫實景，而寓深情，爲全詩奠定了一種沉痛的筆調。

五更鼓角聲悲壯，三峽星河影動摇

五更時分傳來的鼓角聲，起伏悲壯；三峽倒映着銀河星辰，隨着江波動摇。頷聯承“寒宵”，寫夜中所聞所見。“鼓角”，古代軍中用以報時和發號施令的鼓聲、號角。當時安史之亂雖已平定數年，但各地時有戰事。古時將一夜分爲五更，“五更”即接近天明了。此時，愁人不寐，那鼓角之聲更顯得悲壯感人。這從側面烘托出兵革未息、時局動蕩、戰爭頻仍的氣氛。天上星河雖然壯觀無比，但映照於峽江時，因湍急的江流，而呈現出破碎、摇曳不定的景象，這似乎與詩人風雨飄摇的人生、時局的紛亂有些相似。這兩句氣勢蒼凉，音調雄渾鏗鏘，辭采清麗壯闊，於《東坡志林》所言“偉麗”之外，還藴含着詩人悲壯深沉的情懷。正如宋人劉辰翁所云：“第三四句對看，自是無窮俯仰之悲”。

葉夢得《石林詩話》評價說：“七言難於氣象雄渾，句中有力，而紆餘不失言外之意，自老杜‘錦江春色來天地，玉壘浮雲變古今’，與‘五更鼓角聲悲壯，三峽星河影動摇’等句之後，常恨無復繼者。”

野哭幾家聞戰伐，夷歌數處起漁樵

荒野中多少人家的慟哭聲中，傳來戰争的訊息；惟有數處漁人樵夫唱起的夷歌，還透着一點生命的聲息。頸聯寫拂曉前所聞，真實刻畫了夔州的偏遠凄凉的景象。“野哭”、“夷歌”，一個富有時代感，一個具有地方性。對憂國憂民詩人來説，這兩種聲音都使他倍感悲傷。“幾家”，一作“千家”。“戰伐”，指當時蜀中自永泰元年開始，崔旰、郭英乂、楊子琳等軍閥割據混戰。“夷歌”，指蜀地少數民族的歌謠。

臥龍躍馬終黄土，人事音書漫寂寥

諸葛亮和公孫述，一樣最終歸於黄土；人事變遷，音書斷絶，使人感到寂寞無聊，但又算得了什麼？“漫”，任隨。“臥龍”，指諸葛亮。“躍馬”，指公孫述。公孫述在西漢末曾乘亂據蜀，自稱白帝。這裏用晋左思《蜀都賦》“公孫躍馬而稱帝”之意，諸葛亮和公孫述都曾在夔州活動。尾聯看似自寬自慰，實則有着詩人深入的思考，正如盧世漼所説：“意中言外，愴然有無窮之思。”詩人並不衹是一般地描寫他早已寫過多次的戰亂，而是將眼前的動蕩放到更深廣的歷史背景中去思考。古往今來，不論賢愚忠逆，最終都不免歸臥黄土；戰争無論延續多久，終會結束；生命無論受到多少摧殘，總會延續。就像詩中所説，雖然有“野哭”，但也聞“夷歌”。

評解

此詩前四句寫閣夜景象，後四句寫閣夜情事。《批點唐詩正聲》分析説：“全首悲壯慷慨，無不適意。中二聯皆將明之景，首聯雄渾動蕩，卓冠千古。次聯哀樂皆眼前景，人亦難道。結以忠逆同歸自慰，然音節猶婉曲。”

全詩激越悲凉，氣象雄闊，詩人圍繞題目，從幾個重要側面抒寫夜宿西閣的所見所聞所感，從寒宵雪霽寫到五更鼓角，從天空星河寫到江上洪波，從山川形勝寫到戰亂人事，從當前現實寫到千年往迹，大有上天下地，俯仰古今之慨。明代胡應麟《詩藪・内編》稱讚此詩“氣象雄蓋宇宙，法律細入毫芒”，並説它是“老杜七言律全篇可法者”，七言律詩的“千秋鼻祖”。《杜詩解》稱讚此詩“筆勢又沉鬱，又精悍，反復吟之，使人增長意氣百倍”。

秋興八首（其一）

玉露凋傷楓樹林，
巫山巫峽氣蕭森。
江間波浪兼天湧，
塞上風雲接地陰。
叢菊兩開他日淚，
孤舟一係故園心。
寒衣處處催刀尺，
白帝城高急暮砧。

題解

《秋興八首》是大曆元年（766）秋杜甫滯留夔州時慘淡經營的一組七言律詩。杜甫時年五十五歲。當時蜀地戰亂不息，詩人晚年多病，知交零落，壯志難酬，心境非常寂寞、抑鬱。當此秋風蕭颯之時，不免觸景生情，感發詩興，故曰《秋興》。這八首詩是一個完整的樂章，命意蟬聯而又各首自別，時代苦難，羈旅之感，故園之思，君國之慨，雜然其中，歷來被公認爲杜甫抒情詩中沉實高華的藝術精品。清代黄生《杜詩説》就説：“杜公七律，當以《秋興》爲裘領，

秋興八首（其一） 詩意圖　張純桂 繪

乃公一生心神結聚之所作也。”清代沈德潛《唐詩別裁集》也說：“懷鄉戀闕，吊古傷今，杜老生平俱於見此。其才氣之大，筆才之高，天風海濤，金鐘大鏞，莫能擬其所到。”

這裏所選的第一首，是領起的序曲。詩人用鋪天蓋地的秋色將渭原秦川與巴山蜀水聯結起來，寄托自己的故國之思；又用滔滔不盡的大江把今昔異代聯係起來，寄寓自己撫今追昔之感。詩中那無所不在的秋色，籠罩了無限的宇宙空間；而它一年一度如期而至，又無言地昭示着時光如流，生命不永。

【句解】

玉露凋傷楓樹林，巫山巫峽氣蕭森

白露凋傷了漫山遍野的楓林，秋色已經很深，巫山巫峽呈現出一片蕭森景象。首聯開門見山，描繪出具有濃重感傷色彩的秋色、秋氣，奠起全篇蕭颯哀殘之基。《集千家註分類杜工部詩》引劉辰翁評語說：“露曰玉露，樹曰楓林，凋傷之中，仍有富麗之緻，自是大方家數。”葉嘉瑩《杜甫秋興八首集說》評價這一聯：“氣象足以籠罩，而復有開拓之餘地，是絶好開端。”“玉露”，秋天的霜露，因其白，故以玉喻之。“凋傷”，草木在秋風中凋落。“巫山”，在今重慶市巫山縣。“蕭森”，蕭瑟陰森。

江間波浪兼天涌，塞上風雲接地陰

峽中的江水波濤洶涌，波浪滔天；塞上的風雲陰沉密佈，彷彿和地面貼近。清代楊倫《杜詩鏡銓》評論說：“波浪在地而曰兼天，風雲在天而曰接地，極言陰晦蕭森之狀。”這就將眼前景和心中景連成一片，使人感到天上地下，處處驚濤駭浪、風雲翻滾、陰晦慘淡的氣氛籠罩四野，分明是陰沉壓抑、動蕩不安的心情和感受的寫照。“江間”，即巫峽；“塞上”，即巫山。“兼”、“接”二字，寫出渾莽之象。

叢菊兩開他日淚，孤舟一係故園心

秋菊兩度盛開，使我再次灑下往日流過的眼淚；一葉孤舟靠岸係繩，始終都牽動着我的故園之思。這一聯是全篇詩意所在。“叢菊兩開”，指詩人於永泰元年（765）離開成都，原打算很快出峽，但這年留居雲安，次年又留居夔州，見到叢菊開了兩次，還未出峽。故對菊掉淚。“開”字雙關，一謂菊花開，又言淚眼隨之開。孤舟本來衹能係住自己的行踪，却把詩人的思鄉之心也牢牢地係住了，故見舟傷心，引出故園之思。

寒衣處處催刀尺，白帝城高急暮砧

我清晰地聽到，砧聲四起，傍晚時分，在白帝城樓的高處，是那麼的急促。婦女們正拿着裁尺和剪刀，爲在外的親人趕製着禦寒的衣服。“催刀尺”，即催動刀尺。“白帝城”，舊址在今四川省奉節縣東的白帝山上，與夔門隔岸相對。“急暮砧”，黄昏時分搗衣的砧聲很緊。“砧”，搗衣石，這裏借指搗衣發出的聲音。古人裁衣前，先將衣料放在砧上，用杵搗軟，使之平整光滑。每到秋天，家人要爲遠方的游子或徵人製作寒衣，因此搗衣聲是人間的秋聲，往往會增添客子的愁緒。在這黯淡蕭條的秋景和暮色中，詩人更平添了幾許孤獨、憂傷之感。

評解

清代浦起龍《讀杜心解》説：“首章，八詩之綱領也。明寫秋景，虚含興意；實拈夔府，暗提京華。”作爲八首詩的開場白，這第一首詩通過對巫山巫峽秋聲秋色、秋景、秋意的形象描繪，烘托出陰沉蕭森、動蕩不安的環境氣氛，寄寓着詩人自傷漂泊、憂國思鄉的心情。其氣概和風韻，堪稱壓卷。

起筆兩句，最稱警挺，已攝秋景之神。前兩聯極寫絶塞蕭森秋景，有籠蓋八章之勢。江間塞上，狀其悲壯；叢菊孤舟，寫其凄緊。從眼前叢菊的開放，聯係到故園；追憶故園的沉思，又被白帝城黄昏的砧聲打斷。這中間有從夔府到長安，又從長安到夔府的往復。

詠怀古迹五首（其三）

群山萬壑赴荆門，
生長明妃尚有村。
一去紫臺連朔漠，
獨留青塚向黄昏。
畫圖省識春風面，
環珮空歸月夜魂。
千載琵琶作胡語，
分明怨恨曲中論。

題解

《詠懷古迹五首》是一組七言律詩，作於大曆元年（766），是杜甫在夔州和自夔州赴江陵途中陸續寫成。此爲第三首，是杜甫離開夔州東下、途經荆州府歸州（今湖北秭歸）東北四十里的昭君村時所作。

有人認爲，“詠懷”、“古迹”本是兩題，後人誤合爲一，如果併讀，則不成話；有人則認爲，借古迹以詠懷，詠古即詠懷，一題而兼有二義。從詩的内容主旨説，這兩種看法都有道理，但就語義而言，將“詠懷古迹”解釋爲“歌

詠懷古迹五首（其三） 詩意圖 徐震時 繪

詠懷抱、古迹”，“詠”字下有兩個賓語，一爲“懷”，一爲“古迹”，讀起來很別扭。而將“詠懷古迹”直接解釋爲借古迹以詠懷，用以解釋詩的內容主旨是確切的，但用以解釋題目含義，則不免牽强。實際上，“詠懷古迹”就是“懷古”，“詠懷”二字都是動詞，意爲歌詠懷念，題目之義就是歌詠和懷念古迹。

【句解】

群山萬壑赴荆門，生長明妃尚有村

三峽之中，成千上萬的山巒山谷，相依相連，一齊奔向荆門。就在那一帶，還保留着生長明妃的山村。首聯點出昭君村所在位置和環境。“荆門”，指荆門山，在今湖北宜都西北，長江南岸，荆門以西多山嶺。今湖北秭歸有昭君村，在與巫峽相連的荆門山裏，傳説是昭君出生的地方。“明妃”，即王昭君，名嬙，字昭君，湖北秭歸人，漢元帝時宫女。竟寧元年（公元前 33），昭君被遣，嫁給匈奴呼韓邪單于，後死於匈奴。晋時因避司馬昭諱，改稱明君，也稱明妃。交待地點，本來是很平常的起頭，却寫得極有氣勢。一個“赴”字突現了三峽和荆門那種山連嶺接、雄奇生動的走向和動勢，所以《唐宋詩醇》評爲“破空而來，勢如天驥下坂，明珠走盤”。讀者的視綫一下子被吸引到荆門這個點上，進而定格在昭君村。昭君雖爲女流，但她身行萬里，心與故國同在，芳名萬古長傳。其人其事，有一種悲壯的色彩，彷彿正如她生長的地方那樣，氣象不凡。所以在詩人筆下，這畫面的底色，不是陰柔的秀麗，而是陽剛的偉岸。

一去紫臺連朔漠，獨留青塚向黄昏

當年王昭君孤獨地離開漢宫，遠嫁到北方大漠之地，就再沒回來；最後身死異域，衹留下青色的墳墓，籠罩在昏黄風沙中。頷聯營造出悲凉蕭瑟的氛圍，與前兩句形成生地和死地的鮮明對照，概括了昭君一生的遭遇。《後漢書·南匈奴傳》載，呼韓邪單于死，昭君曾上書求歸，成帝令從胡俗，不許，昭君終死於匈奴。“一去”是悲之始，“獨留”是悲之結。“一”，這裏是獨自一人的意思。“連”，指連姻，即“嫁”。“紫臺”，即紫宫，帝王所居之處。“青塚”，指王昭君墓，在今內蒙古自治區呼和浩特市南二十里。傳説當地多生白草，獨王昭君墓地多生青草，故稱“青塚”。“向”，這裏是“在”的意思。“黄昏”，當作“昏黄”，這裏指昏黄的風沙。一是爲了與上句的“朔漠”對仗，二是爲了協韻，所以倒裝，就像宋代林逋《山園小梅》中的名句："疏影横斜水清淺，暗香浮動月黄昏"一樣。

畫圖省識春風面，環珮空歸月夜魂

單憑畫圖約略看識，怎能辨出青春美貌的容顔呢？昭君身死匈奴不得歸，能够帶着環珮在月夜歸來的，恐怕衹有她的幽魂。《西京雜記》載：漢元帝因宫女太多，不得常見，就讓畫工爲宫女畫像，便於隨其臨幸。宫女們争相賄賂畫工，而昭君自恃貌美，不肯行賄，畫工就故意把她畫得很醜。後元帝實行和親政策，匈奴入朝，求美人，元帝憑畫像派昭君去匈奴，等到臨行時，才發現她青春貌美，閑雅大方。元帝追悔莫及，命令將畫工處以死刑。

這兩句從昭君命運的轉折點説起，寫她生前不遇的原因，並將生前的青春美貌和死後的月下幽魂相對照，文字對仗工巧，又藴含着無窮感慨：生前已經錯過知遇的機會，死後魂魄歸來也是枉然！同時，詩人在對昭君埋没宫中，葬身塞外，一生孤苦獨幽的際遇深表同情之時，也借以抒發自己懷才不遇的感慨。"省識"，猶略識，即未仔細辨認。"環珮"，古時女性的裝飾物，這裏代指昭君。

千載琵琶作胡語，分明怨恨曲中論

千載以來，琵琶彈出的都是胡地之音；昭君雖死，其怨難平，琵琶曲中傾訴的分明是她的滿腔怨恨。"琵琶"，本西域胡人樂器，漢劉熙的《釋名》説："琵琶，本出於胡中馬上所鼓也。推手前曰琵，引手却曰琶。"故詩人稱其樂曲爲"胡語"。傳説漢武帝嫁公主（實爲江都王女）於西域烏孫王，公主悲傷，胡人乃於馬上彈琵琶以娱之。後人把這些與昭君的故事攙合起來，寫出《昭君怨》等琴曲，於是，就有王昭君慣彈琵琶的説法。

尾聯正面寫昭君的怨恨。昭君之怨，主要是一個遠嫁女子永遠懷念故土的怨恨憂思。杜甫當時身處異地、遠離故鄉的處境和昭君相似，從詩題《詠懷古迹》可知，詩人在寫昭君的怨恨之情時，是寄托了自己的身世家國之情的。

評解

《唐宋詩醇》評價這首詩説："詠明妃者，此爲第一。"清代唐汝詢《彙編唐詩十集》中説："此篇温雅深邃，杜集中之最佳者。"清代沈德潛《唐詩别裁集》也説："詠昭君詩，此爲絶唱。"《網師園唐詩箋》幫腔説："奔騰而來，悲壯渾成，安得不推絶唱？”確實如此。

這首詩由寫昭君村開始，進而寫昭君的身世遭遇，最後突出昭君的怨恨。表面看來，好像是詠昭君而非詠懷，實際上還是詠古迹以感己懷。在抒寫昭君的怨情中，寄寓自己的身世之慨。杜甫一生，濟世之志甚高，但終其身，也未得一展抱負。肅宗朝雖任職京師，也衹不過是一左拾遺。就這，還因憂國惜才，疏救房琯而觸怒肅宗，差點獲刑。雖然獲救，却終被疏遠，終於鬱鬱辭官，漂泊西南。而昭君也是因漢元帝昏庸、不辨美醜而遠嫁異鄉，流離而不得歸，身死而遺長恨。二人的遭遇、經歷、處境不無相似之處。杜甫《詠懷古迹五首》其二所謂“悵望千秋一灑淚，蕭條異代不同時”，《唐宋詩舉要》所謂“此自喻其寂寥千載之感也”，正是詩中所要傳遞的。昭君未能見知於君王，詩中對她深寄同情，也有怨君之意。當然更主要的，還是一個遠嫁異域的女子，永遠懷念故土的怨思，這是千百年世代積纍的更爲普遍的更爲深厚的情感。

登高

風急天高猿嘯哀，
渚清沙白鳥飛迴。
無邊落木蕭蕭下，
不盡長江滾滾來。
萬里悲秋常作客，
百年多病獨登臺。
艱難苦恨繁霜鬢，
潦倒新停濁酒杯。

題解

這首詩作於唐代宗大曆二年（767）秋。當時安史之亂已經結束四年了，但地方軍閥又乘時而起，相互爭奪地盤。杜甫本入嚴武幕府，依托嚴武。不久嚴武病逝，杜甫失去依靠，衹好離開經營了五六年的成都草堂，買舟南下。本想直達夔門，却因病魔纏身，在雲安呆了幾個月後才到夔州。如不是當地都督的照顧，他也不可能在此一住就是三個年頭。而就在這三年裏，他的生活依然很困苦，身體也非常不好。

這首詩就是五十六歲的老詩人在這極端困窘的情況下寫成的。那一天，他獨自登上夔州白帝城外的高臺，登高臨眺，百感交集。望中所見，激起意中所觸；蕭瑟的秋江景色，引發了他身世飄零的感慨，滲入了他老病孤愁的悲哀。

登高 詩意圖 馬振聲 繪

於是，就有了這首被譽爲“古今七言律第一”的曠世之作。

【句解】

風急天高猿嘯哀，渚清沙白鳥飛迴

天高風急，秋氣肅殺，猿啼哀嘯，十分悲涼；清清河洲，白白沙岸，鷗鷺低空迴翔。首聯二句，對舉之中仍複用韻，且句中自對，無一虛設。這是詩人登高看到的景象，構成一幅悲涼的秋景圖畫，爲全詩定下了基調。登高而望，江天本來是開闊的，但在詩人筆下，却令人强烈地感受到：風之凄急、猿之哀鳴、鳥之迴旋，都受着無形的秋氣的控制，彷彿萬物都對秋氣的來臨惶然無主。“風急”，夔州位於長江之濱，三峽之首的瞿塘峽之口，素以水急、風大著稱。“猿嘯哀”，巫峽多猿，鳴聲凄厲。當地民謡説：“巴東三峽巫峽長，猿鳴三聲淚沾裳”。“渚”，水中的小塊陸地。

無邊落木蕭蕭下，不盡長江滚滚來

落葉飄零，無邊無際，紛紛揚揚，蕭蕭而下；奔流不盡的長江，洶涌澎湃，滚滚奔騰而來。頷聯爲千古名句，寫秋天肅穆蕭殺、空曠遼闊的景色，一句仰視，一句俯視，有疏宕之氣。“無邊”，放大了落葉的陣勢，“蕭蕭下”，又加快了飄落的速度。在寫景的同時，深沉地抒發了自己的情懷，傳達出韶光易逝，壯志難酬的感愴。它的境界非常壯闊，對人們的觸動不限於歲暮的感傷，同時讓人想到生命的消逝與有限，宇宙的無窮與永恒。透過沉鬱悲涼的精工對句，顯示着詩人出神入化的筆力，有“建瓴走坂”、“百川東注”的磅礴氣勢。前人譽爲“古今獨步”的“句中化境”。

萬里悲秋常作客，百年多病獨登臺

我萬里漂泊，常年客居他鄉，對此秋景，更覺傷悲；有生以來，疾病纏身，今日獨自登臨高臺。頸聯是詩人一生顛沛流離生活的高度概括，有頓挫之神。詩人從空間（萬里）、時間（百年）兩方面着筆，把久客最易悲秋，多病獨自登臺的感情，融入一聯雄闊高渾的對句之中，情景交融，使人深深地感到他那沉重的感情脉搏。語言極爲凝煉，乃千古名句。宋代學者羅大經《鶴林玉露》析此聯云：“萬里，地之遠也；悲秋，時之慘凄也；作客，羈旅也；常作客，久旅也；百年，暮齒也；多病，衰疾也；臺，高迴處也；獨登臺，無親朋也；十四字之間含有八意，而對偶又極精確”。“八意”，即八可悲：他鄉作客，一可悲；常作客，二可悲；萬里作客，三可悲；又當蕭瑟的秋天，四可悲；年已暮齒，一事無成，五可悲；親朋亡散，六可悲；孤零零的獨自去登，七可悲；身患疾病，八可悲。

艱難苦恨繁霜鬢，潦倒新停濁酒杯

時世艱難，生活困苦，我常恨鬢如霜白；濁酒銷憂，却怎奈潦倒，以至需要停杯。尾聯轉入對個人身邊瑣事的悲嘆，與開篇《楚辭》般的天地雄渾之境，形成强烈的對比。“苦恨”，甚恨，意思是愁恨很深。“潦倒”，猶言困頓衰頹，狼狽失意。“新停濁酒杯”，一般解釋爲戒酒，不妥。“停”是表示某種動作狀態延續途中的一時中斷。這一句是説，我一人登臺，獨飲濁酒，無親朋相伴，慢慢舉起銷憂解愁的酒杯，停在嘴邊——我的身體已承受不了，至今飲酒不斷、未曾有過停杯體驗的我，不禁爲自己身心之衰感到愕然。“新”，指初次出現。“濁酒”是相對於“清酒”而言，是一種帶糟的酒，古時稱爲“醪”。

評解

這是一首最能代表杜詩中景象蒼涼闊大、氣勢渾涵汪茫的七言律詩。前兩聯寫登高聞見之景，後兩聯抒登高感觸之情。由情選景，寓情於景，渾然一體，充分表達了詩人長年飄泊、憂國傷時、老病孤愁的複雜感情。而格調却雄壯高爽，慷慨激越，高渾一氣，古今獨步。

這首律詩很特別，其四聯句句押韻，皆爲工對，且首聯兩句，又句中自對，可謂“一篇之中，句句皆律，一句之中，字字皆律”。就寫景而言，有工筆細描（首聯），寫出風、天、猿、渚、沙、鳥六種景物的形、聲、色、態，每件景物均衹用一字描寫，却生動形象，精煉傳神；有大筆寫意（頷聯），傳達出秋的神韻。抒情則有縱的時間的着筆，寫“常做客”的追憶；也有横的空間的落墨，寫“萬里”行程後的“獨登臺”。從一生飄泊，寫到餘魂殘骨的飄零，最後將時世艱難歸結爲潦倒不堪的根源。這樣錯綜複雜手法的運用，把詩人憂國傷時，老病孤愁的蒼涼，表現得沉鬱而悲壯。難怪明代胡應麟《詩藪》説，全詩“五十六字，如海底珊瑚，瘦勁難名，沉深莫測，而精光萬丈，力量萬鈞。通章章法、句法、字法，前無昔人，後無來學，微有説者，是杜詩，非唐詩耳。然此詩自當爲古今七言律第一，不必爲唐人七言律第一也”。

旅夜書懷

細草微風岸，危檣獨夜舟。
星垂平野闊，月涌大江流。
名豈文章著，官應老病休。
飄飄何所似？天地一沙鷗。

題解

所謂“旅夜書懷”，就是在行旅的夜裏抒寫自己的胸懷或懷抱。這首詩一向被認爲是杜甫於唐代宗永泰元年（765）五月離開成都草堂以後，沿長江乘舟東下，秋天抵達忠州（今四川忠縣）一帶時所作。但是，首先，詩中“星垂平野闊”句所描畫的圖景，與忠州一帶的峽谷地貌不合。其次，“細草”本是象徵春天的景物，也與秋天不符，所以秋天寫於忠州的結論是有疑問的。那麽此詩究竟寫於何時呢？

旅夜書懷 詩意圖　武繼仁 繪

關於這首詩的寫作，應該滿足三個條件：一是在春天，二是在廣闊的平野之中，三是在漂泊於大江上的船裏。同時滿足這三條的，有如下兩個時間：①大曆三年（768）春天，杜甫離開夔州，穿過三峽後，向江陵（今屬湖北）航行時。②大曆四年或五年春天，漂泊在湘江上時。長江貫流的湖北江漢平原，和湘江沿岸的湖南平野，都能與“星垂平野闊”所描繪的空間相應。但杜詩提及“大江”的二十多例子裏，一個指湘江的也找不到。所以，將這個事實和“細草”的春意，“星垂平野闊”的平野綜合考慮的話，《旅夜書懷》詩的寫作時期應該確定爲大曆三年春。此前杜甫已經滯留夔州近兩年，除因受到夔州都督柏茂琳的優待以外，大約也是爲了等候朝廷任命新職。作爲夔州都督的柏茂琳，可能向朝廷推薦過杜甫。但是，唐代宗没有起用他。這時，他感到“緻君堯舜上，再使風俗淳”（《自京赴奉先縣詠懷五百字》）的希望完全破滅了。於是在這年的正月，五十七歲的杜甫下定決心離開夔州。舟出三峽，順着大江，進入江漢平原的江陵一帶，他回想一生的坎坷遭遇和朝廷的黑暗腐敗，抒發了“官應老病休”的憤激之情。

【句解】

細草微風岸，危檣獨夜舟

微風習習，江岸細草如絲，一隻竪有高桅的小船，孤伶伶地行駛在江上。首聯點明地點、時間和環境，烘托出一種凄涼孤寂的氛圍，這也是作者孤獨感傷之情的外化。“危”，高的意思。“檣”，桅杆。

星垂平野闊，月涌大江流

星星垂挂在遠天，顯出平野的遼闊；月光涌動在水面，大江在洶涌奔流。與上一聯的近景相比，這一聯是遠景，上句寫岸上，下句寫江中，構成闊大雄偉的境界，有一種宇宙蒼茫無窮之感。置身其間的細草、孤舟、詩人，該是何等的渺小。由此可見詩人孤獨凄愴之情。詩中“垂”、“涌”兩個“響”字，將星月精神描摩得畢肖。《四溟詩話》評價説“句法森嚴，‘涌’字尤奇”。

名豈文章著，官應老病休

有點名聲，哪裏是因爲我的文章好呢？但做官之事，倒確實應該由於自己老而多病，而不得不罷休了。此聯上句與“豈有文章驚海内”（《客至》）一樣，既是自謙之詞，又有自豪之意。下句與“罷官亦由人”（《立秋後題》）一樣，表面上是自我解嘲，實質上是抒發憤慨。杜甫此時確實是既老且病，但他的休官，却主要不是因爲這，而是由於不被任用。清代沈德潛《唐詩別裁集》説：“胸懷經濟，故云名豈以文章而著；官以論事罷，而云老病應休。立言之妙如此。”

飄飄何所似？天地一沙鷗

如此江湖落拓，到處飄泊，像個什麼？就像那天地之間到處飄飛的一隻沙鷗。詩人自嘆身世飄零，無論是身後之名，還是生前之功業，似乎都游離於他。當這種悲憤交集的情感，外化投射在一隻飄零於茫茫天地之間的白鷗時，詩人晚年飄零、孤獨、寂寥的形象，便由此鑄就了。

評解

縱觀全詩，始終有景，又始終滿含複雜的情感。景的序列，隨着詩人感情的逐步展開而自然地呈現，並且最終借助景，將感情的抒發推向高潮。大緻説來，詩的前半重點寫“旅夜”之景，後半主要是“書懷”。不過，前半寫景狀物，已經融注了詩人的主觀意念；後半抒懷感慨，也有自然景物的烘托。全詩景情交融，正如清代王夫之在《薑齋詩話》中所説：“情景名爲二，而實不可分。神於詩者，妙合無垠。巧者，則有情中景，景中情。”

全詩意境雄渾，《瀛奎律髓彙評》引紀昀的評論説：“通首神完氣足，氣象萬千，可當雄渾之品。”詩人將“細草”、“孤舟”、“沙鷗”這些景象，放置於無垠的星空平野之間，使景物之間的這種對比，自然烘托出一個獨立於天地之間的飄零形象，襯托出深沉凝重的孤獨感。

江漢

江漢思歸客，乾坤一腐儒。
片雲天共遠，永夜月同孤。
落日心猶壯，秋風病欲甦。
古來存老馬，不必取長途。

題解

有人認爲此詩作於夔州，有人認爲作於江陵，當以後者爲是。大曆三年（768）正月，杜甫自夔州出峽，秋天，流寓湖北江陵、公安等地，詩即作於此間。詩題作《江漢》，近乎無題，大概漂泊流徙中，已無心擬題。杜甫這時已五十六歲，長期飄零，歷盡艱辛，北歸無望，生計日困，至老仍如浮雲行止無定，心中自然頗多感慨。儘管如此，詩人忠魂仍存，壯心猶在，並未因處境困頓和年老多病而悲觀消沉。此詩就集中表現了這種"烈士暮年，壯心不已"的精神。

江漢 詩意圖　謝志高 繪

【句解】

江漢思歸客，乾坤一腐儒

漂泊江漢，我這思歸故鄉的天涯游子，在茫茫天地之間，衹是一個迂腐的老儒。“江漢”，長江、漢水之間。首聯表達出詩人客滯江漢的窘境，有自嘲意。“思歸客”是杜甫自謂，因爲身在江漢，時刻思歸故鄉，但思歸而不得，飽含天涯淪落的無限辛酸。“乾坤”，即天地。“腐儒”，迂腐的讀書人，這裏實際是詩人自指不會迎合世俗。如果說前一句還衹是强調詩人飄泊在外的思鄉之心，後一句則將自己在天地間的渺小孤獨感吐露無遺。詩人原來的抱負是要經天緯地的，然而越到人生的最後階段，他越是痛感自己的渺小無力。其中的痛楚和無奈該有多深！

片雲天共遠，永夜月同孤

像飄蕩在遠天的片雲一樣遠客異鄉；與明月一起，孤獨地面對漫漫長夜。頷聯爲工對。“天共遠”，承江漢客；“月同孤”，承一腐儒。詩人表面上是在寫片雲孤月，實際是在寫自己。他把自己的感情和身外的景物融爲一片，慨嘆自己飄泊無依。不過，在明月的皎潔和孤清中，我們又體會到了詩人的孤高自許，他的心，仍然是光明的。“永夜”，長夜。

落日心猶壯，秋風病欲甦

我雖已到暮年，就像日將落西山，但一展抱負的雄心壯志依然存在；面對颯颯秋風，我不僅没有悲秋之感，反而覺得病逐漸好轉。頸聯爲借對，“落日”比喻暮年，而非寫實。“秋風”句是寫實。詩的意境闊大而深沉，形象地表達出詩人積極用世、身處逆境而壯心不已的精神，“甦”，復甦。

古來存老馬，不必取長途

自古以來存養老馬是因爲其智可用，而不必取其體力，跋涉長途。尾聯用老馬識途的典故，比喻自己身雖年老多病，但智慧猶可用，還能有所作爲。《韓非子·説林上》裏講，春秋時管仲隨齊桓公伐孤竹，春往冬返，迷失道路。管仲提議用老馬領路，於是找到了歸途。“老馬”是詩人自比。

評解

詩人身滯江漢，心有感而作此詩。他用凝煉的筆觸，抒發了懷才見棄的不平之氣和報國思用的慷慨情懷。前兩聯寫所處之窮，後兩聯寫才猶可用。元代方回《瀛奎律髓》評論這首詩說："味之久矣，愈老而愈見其工。中四句用'雲天'、'夜月'、'落日'、'秋風'，皆景也，以情貫之。'共遠'、'同孤'、'猶壯'、'欲甦'，八字絶妙，世之能詩者，不復有出其右矣。"確實，詩的中間兩聯，情景相融，妙合無垠，有着强烈的藝術感染力，故歷來爲所稱道，明代胡應麟《詩藪·内篇》就説，這兩聯"含闊大於沉深，高（適）、岑（參）瞠乎其後"。

登嶽陽樓

昔聞洞庭水，今上岳陽樓。
吴楚東南坼，乾坤日夜浮。
親朋無一字，老病有孤舟。
戎馬關山北，憑軒涕泗流。

題解

這首五言律詩寫於詩人逝世前一年，即唐代宗大曆三年（768）。當時杜甫沿江由江陵、公安一路漂泊，來到岳州（今屬湖南）。登上神往已久的岳陽樓，憑軒遠眺，面對烟波浩渺、壯闊無垠的洞庭湖，詩人發出由衷的禮讚；繼而想到自己晚年飄泊無定，國家多災多難，又不免感慨萬千，於是揮筆寫下這首含蘊着浩然胸懷和博大痛苦的名篇。岳陽樓，即湖南岳陽城西門樓，是我國三大名樓之一（其餘兩個是黄鶴樓、鸛鵲樓），下瞰洞庭，視野廣闊。唐開元四年，中書令張説任職此州，常與才士登樓賦詩，遂使之聲名驟增，成爲天下文化名樓。

登嶽陽樓 詩意圖 徐震時 繪

【句解】

昔聞洞庭水，今上岳陽樓

過去就聽説洞庭湖水勢浩瀚，名揚海内，今天我登上湖邊的岳陽樓，俯仰江山。首聯借“昔”、“今”二字展開思路，拉開時間的帷幕，爲全詩浩大的氣勢奠定了基礎。杜甫少時就有壯游名山大川的雄心，曾先東游吴越，後北游齊趙。岳陽樓是千古名勝，詩人早有盡興一游的夙願，無奈戰亂頻仍，身世漂蕩，難以如願。今日流落至此，方得以一飽眼福。

吴楚東南坼，乾坤日夜浮

衹見吴越兩地被廣闊浩瀚的湖水分割於東南；蒼茫的湖面上，日日夜夜浮蕩着大地長天。頷聯寫洞庭湖浩瀚無際的磅礴氣勢，意境闊大，景色宏偉奇麗。“日夜浮”三字，下得深沉，寓情於景，隱含自己長期飄泊無歸的感情。宋代劉辰翁説，此聯“氣壓百代，爲五言雄渾之絶”。“吴楚”，春秋時代的吴國和楚國。今湖北、湖南及安徽、江西的部分地區古屬楚地；今江蘇、浙江及江西的部分地區古屬吴國。“坼”，分裂。

親朋無一字，老病有孤舟

親朋故舊竟無一字寄給漂泊江湖的我，衰老多病的我呀，衹有生活在一隻小小的舟船上。頸聯寫詩人年老多病，以舟爲家，遠離親友，流落在外，其凄凉之境、哀痛之心、憤怨之情，不言自明。“老病”，杜甫時年五十七歲，全家人住在一條小船上，四處漂泊。此時，他身體衰弱不堪，右臂偏枯，耳朵失聰，還患有慢性肺病。

戎馬關山北，憑軒涕泗流

站在岳陽樓上，遥望關山以北，仍然是兵荒馬亂、戰火紛飛；憑倚窗軒，胸懷家國，我不禁涕淚交流。詩人在尾聯中把個人命運和國家前途聯係在一起，意境深遠，餘韻無窮。“戎馬”，兵馬，這裏借指戰爭。大曆三年（768）秋，吐蕃侵擾靈武，京師戒嚴；朝廷又命郭子儀率兵五萬至奉天，以備吐蕃。

評解

這首詩意境開闊宏偉，風格雄渾淵深，是杜甫詩中的五律名篇，前人稱之爲盛唐五律第一。從總體上看，江山的壯闊，與詩人胸襟的博大，在詩中互爲表裏。雖然悲傷，却不消沉；雖然沉鬱，却不壓抑。宋代胡仔《苕谿漁隱叢話》引蔡絛《西清詩話》說："洞庭天下壯觀，自昔騷人墨客，題之者衆矣，……然未若孟浩然'氣蒸雲夢澤，波撼岳陽城'，則洞庭空曠無際，氣象雄張，如在目前。至讀杜子美詩，則又不然。'吴楚東南坼，乾坤日夜浮'，不知少陵胸中吞幾雲夢也。"

全詩純用賦法，從頭到尾都是敘述的筆調。以往一些學者認爲詩用賦法，没有形象，没有詩味。事實上，賦法是詩歌形象化的重要手法，其特點是不注重詩的語言和局部事物的形象化，而着力創造詩的總體意境。《登岳陽樓》正是運用賦法創造藝術形象的典范。它所達到的藝術境界，已經使人不覺得有藝術方法的存在，甚至不覺得有語言的存在，衹覺得詩人的思想感情撞擊着心扉。

江南逢李龜年

岐王宅裏尋常見，
崔九堂前幾度聞。
正是江南好風景，
落花時節又逢君。

題解

這首詩作於唐代宗大曆五年（770），也就是杜甫去世的那一年。李龜年是盛唐時期聲名赫赫的音樂家，但其生卒、籍貫、出身等均已不詳。我們知道他生活在唐玄宗開元至代宗大曆年間，擅長歌唱，還會作曲，對地方音樂也相當熟悉。有一次，他在岐王府聽見有人彈琴，就説："這是秦地的音樂。"過了一會兒，他又説："這是楚地的音樂。"岐王聽了很驚訝，到簾幕後面一問，果然如此。憑借其過人的音樂技藝，李龜年受到喜愛音樂的唐玄宗的賞識，"特承顧遇，於東都大起第宅。"安史之亂後，李龜年流落江湘，"每遇良辰勝景，爲人歌數闋，座中聞之，莫不掩泣罷酒。"（《明皇雜録》）

江南逢李龜年 詩意圖　童介眉 繪

大曆五年暮春時節，在闊別四十多年以後，流落江南的杜甫在潭州（今湖南長沙），與同樣流落異鄉的李龜年偶然相逢。這時，唐王朝由於遭受了八年的安史之亂，整個社會已經從“開元盛世”那樣的繁榮昌盛迅速跌落下來。面對苦難的現實、凄凉的晚境和曾經輝煌一時的舊交，杜甫百感交集，寫下了這首極具情韻的七言絶句，抒發了動蕩時代有着不平凡經歷的故人重逢時的深痛感觸，暗寓着對往昔的無限眷戀，對現實的深沉慨嘆，以及對昔盛今衰、人情聚散的千般感觸。

【句解】

岐王宅裏尋常見，崔九堂前幾度聞

當年在岐王宅裏，常常見到你的演出；在崔九堂前，也曾多次欣賞你的藝術。開頭二句雖然是在追憶昔日與李龜年的接觸，流露的却是對開元全盛日的深情懷念。下語似乎很輕，含蘊的情感却很重。“岐王”，唐玄宗的弟弟、唐睿宗（李旦）的兒子李范，封岐王，以好學愛才著稱，雅善音律。“崔九”，名滌，是中書令崔湜的弟弟，經常出入皇宮，是唐玄宗的寵臣，曾任秘書監。他在同族弟兄輩中排行第九，故稱崔九。“岐王宅”、“崔九堂”，彷彿信口道出，但在當事者心目中，這兩個開元鼎盛時期文藝名流經常雅集之處，它們的名字，就足以勾起昔日的美好回憶。當年出入其間，接觸李龜年這樣的藝術明星，是很尋常的，可是現在回想起來，却已是可望而不可及的夢境了。兩句詩在迭唱和詠嘆中，好像是要拉長回味的時間似的。這裏蘊含的天上人間之感，需要結合下兩句才能品味出來。

正是江南好風景，落花時節又逢君

眼下正是江南暮春的大好風光，没有想到落花時節能巧遇你這位老相識。昔日不再，夢一樣的回憶，改變不了眼前的無奈。後兩句對國事凋零、藝人顛沛流離的感慨，概括了整個開元時期的滄桑巨變。風景秀麗的江南，在和平時代，原是詩人們所嚮往的快意之游的所在。如今真正置身其間，面對的却是滿眼凋零的落花和皤然白首的流落藝人。“落花時節”，既是即景書事，也是有意無意之間的寄興。熟悉時代和杜甫身世的讀者，定會從中聯想起世運的衰頽、社會的動亂和詩人的衰病漂泊，而絲毫不覺得詩人在刻意設喻。因而，這種寫法顯得渾成無迹。“正是”和“又”這兩個虛詞，一轉一跌，更在字裏行間，寓藏着無限感慨。

評解

這首七言絕句膾炙人口，是杜甫晚年創作生涯中的絶唱，歷代好評衆多，如清代邵長蘅評價說：“子美七絶，此爲壓卷。”《唐宋詩醇》也說，這首詩“言情在筆墨之外，悄然數語，可抵白氏（白居易）一篇《琵琶行》矣……此千秋絶調也。”

此詩撫今思昔，世境之離亂，年華之盛衰，人情之聚散，彼此之凄涼流落，都濃縮在這短短的二十八字中。語言極平易，含意極深遠，包含着非常豐富的社會生活内容，凝結着四十多年的時代滄桑、人生巨變。那種昔盛今衰，構成了尖鋭的對比，使人感到詩情的深沉與凝重。清代黄生《杜詩説》評論說：“今昔盛衰之感，言外黯然欲絶。見風韻於行間，寓感慨於字裏。即使龍標（王昌齡）、供奉（李白）操筆，亦無以過。乃知公於此體，非不能爲正聲，直不屑耳。有目公七言絶句爲别調者，亦可持此解嘲矣。”